구상솟대문학상 30주년 기념 Poem & Photo

인·생·예·보

솟대시인에게 인생을 묻다

인 · 생 · 예 · 보—솟대시인에게 인생을 묻다
구상솟대문학상 30주년 기념 Poem & Photo

방귀희 엮음 | 전호경 사진

초판 인쇄 2021년 04월 05일
초판 발행 2021년 04월 10일

엮은이 방귀희
펴낸이 신현운
펴낸곳 연인M&B
기 획 여인화
디자인 이희정
마케팅 박한동
홍 보 정연순
등 록 2000년 3월 7일 제2-3037호
주 소 05052 서울특별시 광진구 자양로 56(자양동 680-25) 2층
전 화 (02)455-3987 팩스 (02)3437-5975
홈주소 www.yeoninmb.co.kr
이메일 yeonin7@hanmail.net

값 13,000원

구상솟대문학상 30주년 기념 Poem & Photo

솟대시인에게 인생을 묻다

인 · 생 · 예 · 보

방귀희 엮음 | **전호경** 사진

연인M&B

구상솟대문학상 30주년
드디어 오아시스를 찾았다!

세상에 아기가 태어나서 100일이 되면 백일, 1년이 되면 돌이라 명명하며 잔치를 한다. 매년 생일이면 미역국과 고기 반찬으로 기념을 하며 60년이 되면 환갑잔치를 하듯이 살아 있다는 것을 기념하기 위해 숫자를 사용한다.

지금으로부터 30년 전 『솟대문학』이 탄생하였다. 장애를 가진 글쓰는 이들의 욕구가 뭉치고 뭉쳐서 장애인 문학이라는 독특한 생명체가 생긴 것이다. 7명의 장애문인들이 모여서 발기인 모임을 가졌는데 동시작가 서정슬은 2015년도에, 「산골소녀 옥진이」 시집으로 장애인이 시를 쓴다는 것을 세상에 알린 김옥진 시인은 2016년도에 세상을 떠났다. 소설가 감동석은 미국으로 이민을 간 후 요즘은 소식이 없고, 얼마 전 희곡작가 강종필 씨에게 원고 청탁 전화를 했더니 건강이 안 좋아서 글을 쓰지 않은 지 오래되었다고 하였다. 소설가 김재찬과 시조시인 김홍열은 현업 작가이지만 여전히 문학 유목민으로 살고 있다.

30년 전에 혈기 넘치던 사람들이 이제 하나 둘씩 먼길을 떠났다. 나 역시 힘이 빠져 『솟대문학』 작품들을 간신히 붙잡고 있으면서 언제 바람이 휘몰아쳐 와서 흔적도 없이 사라질지도 몰라 불안해하고 있었기에 지금 이 글을 쓰며 얼마나 가슴이 벅차고 안심이 되는지 모른다.

『솟대문학』은 1991년 봄 창간호를 낸 후 2015년 겨울 통권 100호를 발간하기까지 단 한 번의 결간도 없었고, 3회 추천 작가 450여 명을 배출하며 한국문단에 장애인문학이란 장르를 형성하였다. 그리고 2016년 봄 미국 스탠퍼드대학 도서관에서 한국의 장애인문학을 연구하기 위해 『솟대문학』 1~100호를 구입하여 갔고, 2019년 장애와문학학회가 발족되어 국내에서도 장애인문학에 학문적 관심을 갖기 시작하였다.

가장 좋은 작품을 쓴 작가에게 상을 주기 위해 1991년부터 솟대문학상을 시상하였다. 상금이 50만 원으로 시작하여 현재는 300만 원이 되었는데 그 사연은 『솟대문학』을 아껴 주신 원로시인 故 구상 선생님께서 소천하시기 전에 상금으로 기탁하고 가신 2억 원이 있었기에 가능했다. 그래서 2005년부터 구상솟대문학상으로 개칭하여 오늘에 이르고 있다.

시로 수상한 시인이 39명인데 이미 세상을 떠난 사람도 있고, 지금은 작품 활동을 하지 못하는 사람도 있다.

30년 구상솟대문학상 수상자들 가운데 가장 기억에 남는 사람은 1991년 1회 수상자인 이상열 시인이다. 건설 현장 감독을 나갔다가 붕괴사고로 전신마비장애를 갖게 된 후 모든 것을 다 빼앗기고 동생네 집에 와서 죽을 방법만 골똘히 생각하다가 시를 쓰기 시작하여 『솟대문학』을 통해 작품 활동을 꾸준히 하면서 포항에서 많은 활동을 하다가 이름을 남기고 세상을 떠났다.

2006년 수상자 손병걸 시인도 안타까운 사연을 가지고 있다. 특수부대에 자원입대한 것은 시골 살림에서 한 입이라도 줄여야 가족들이 버틸 수 있다는 가난 때문이었다. 제대 후 직장을 얻고 결혼하여 가정도 꾸렸다. 그런데 베체트씨 병이라는 희귀병으로 시력을 잃고 말았다. 그것은 그의 미래가 산산조각 났다는 것을 뜻한다. 특수부대에서 용맹을 떨치던 그였건만 장애 앞에서는 무릎을 꿇을 수밖에 없었다. 어둠 속에 갇힌 그를 구원해 준 것은 문학이었다. 『솟대문학』을 통해 차분히 쌓은 실력으로 부산일보 신춘문예에 당당히 당선되어 문단 활동을 하며 경희사이버대학교와 대학원을 졸업하였다. 요즘은 시낭송과 강연을 다니며 시인으로서 멋진 삶을 살고 있다.

그리고 2017년도 수상자 김대원 시인은 구상 선생님이 무척 아끼던 솟대 문인이다. 초등학교 때 맥없이 넘어지는 증상이 생겨 전국 방방곡곡은 물론 해외까지 치료 방법을 찾아다녔지만 고등학교 2학년 때 호흡기를 꽂

아야 했다. 핏속 산소 부족으로 생긴 전신마비였다. 기도를 뚫어서 언어장애가 생기자 사람들은 그에게 지적 장애가 있다고 생각하였지만 그는 그 어느 때보다 영롱한 정신으로 하루에 한 편씩 시를 쓰는 자기와의 약속으로 자신의 정체성을 만들어 갔다. 그렇게 쓴 시들이 시집으로 한 권 한 권 쌓여 갔다. 그의 시가 가장 빛난 것은 2017년 11월 2018평창동계패럴림픽 G-100일 공연에서 당시 문화체육관광부 도종환 장관이 그의 시 〈내가 어둠이라면 당신은 별입니다〉를 낭송하였는데 그 공연이 KBS 1TV를 통해 전국으로 방영되면서 큰 반향을 불러일으켰었다.

  이렇듯 소중한 작가들이 좋은 작품으로 구상솟대문학상을 빛내 왔기에 구상솟대문학상 30년을 기념하고 싶었다. 우리 작가들의 작품들이 묻혀 버려서 흔적조차 없어질 수도 있다는 생각을 하면 가슴에 통증이 생겼다. 그런데 구원투수가 나타났다. 연인M&B의 신현운 대표가 먼저 구상솟대문학상 30주년 기념집을 제안하였고, 해양환경 전문가로 사진작가인 전호경 박사님의 사막과 바다를 소재로 한 작품들이 함께하는 Poem & Photo 기념집을 세상에 내놓게 되었다. 두 팔 벌려 외치고 싶다. "드디어 오아시스를 찾았다!"

2021년 4월
『솟대문학』 발행인 방귀희

작가가 보는 세상

　구상솟대문학상은 1991년 『솟대문학』 창간과 함께 솟대문학상이라는 이름으로 시작됐으며, 故 구상 시인이 솟대문학상 발전 기금을 기탁함에 따라 2005년 명칭을 '구상솟대문학상'으로 개칭해 장애인문학의 권위 있는 상으로 자리매김했다.

　장애인 이들의 마음은 항상 조심스럽고 혹시나 나로 인해 주위에 불편을 끼치지나 않을까 하며 늘 노심초사(勞心焦思)하며 생활을 하고 있다. 이들은 정상적인 사람보다 수십 수백 배 더 자신과의 처절한 싸움 속에 살고 있으며 또한 무엇인가 이루고자 하는 집념(執念)과 노력(努力)은 정상인의 상상을 뛰어넘는다. 이 책에 실린 주옥(珠玉) 같은 시를 탄생시키기 위해 얼마나 많은 낮과 밤을 자신과 싸우면서 그 수많은 낱말과 언어를 함축(含蓄)하고 다듬는 고뇌의 연속이 있었을까. 또 얼마나 많은 시간을 번뇌(煩惱)와 기도 속에 살았을까.

　시 한 편을 탄생시키는 일은 마치 바윗덩이를 쪼아 내고 다듬어 작가의 마음을 표현하는 목적물을 만들어 내는 조각가처럼 온 정신과 육체가 일체되는 작업의 연속이었으리라. 시인의 머릿속에 휘몰아치고 있는 상념과 표현의 욕구의 혼돈 속에서 수없이 많은 말과 글과 단어를 깊이 곱씹으면서 저 깊은 심중에 서려 있는 것들을 하나씩 다듬고 또 다듬어 자신의 영혼을 표현할 수 있는 언어와 글과 말로 탄생시키는 작업이 문인들의 진정한 진통의 산물인 것이다.

　이 시집은 구상 선생의 유지가 살아 숨쉬는 30여 년의 긴 역사가 된 구상솟대문학 터전으로 이들이 가장 도달하고픈, 그리고 가장 편안한 곳으로 한결같이 문학을 꿈꾸고 시를 쓰며 도전(挑戰)하고 함께 공유(共有)하는 아름다운 문학의 터전이 되었다. 여기 펼쳐진 많은 편의 아름답고, 목이 메이도록 그들의 삶을 표현한 시는 이분들의 맑은 영혼과 눈물과 투혼(鬪魂)의 긴 여정(旅程)의 결실이다.

누구인가 "예술가는 작품으로 말한다."라는 말을 했다. 어느 정도는 일리가 있다고 할 수 있지만 문인(文人)들에게는 꼭맞는 말은 아니라고 생각된다. 어려운 자신과의 싸움의 세월 속에서 작품은 생활의 한 부분이 될 수도 있다. 하지만 작품이 그 사람과 일치하지는 않은 것이다. "지금 저는 살아 있고 기억력이 있고 사물을 깊이 느낄 수 있기 때문에, 제가 누구인지, 그리고 제가 어디에 있는지를 묻는 질문에 답해야 합니다. 그래서 저는 씁니다." 이 말은 故 최정례 시인의 말이다. 다만 우려되는 것은 지나치게 자신을 가혹하도록 창작에 함몰(陷沒)시켜 마음의 큰 상처를 만드는 일은 피해야 할 것이다.

이 책에 실린 사진 이야기를 해 보자. 우리나라 태안반도 어느 해안의 아름다운 일출 광경, 이렇게 가깝게는 국내로부터 멀리는 일본 북해도, 동남아, 몽골의 남고비사막, 티베트의 차마고도까지, 때로는 북미 캐나다, 남

미 브라질과 페루 등에서 찍은 것들이며 더 멀리는 남극까지 가서 찍은 사진의 일부가 실려 있다. 물론 나의 이런 여행들은 업무적인 일로 또는 개인적인 사진 여행으로 얻어진 결과물들이며 기회가 주어졌기 때문에 가능했던 것이다.

한 장의 사진을 찍기 위해서 어느 곳에서는 가쁜 숨을 몰아쉬며 수천 미터 높은 산을 오르는가 하면 어느 때는 그야말로 위험한 파도와 싸우며 며칠 몇 날을 파도(波濤) 속에서 내 자신과 싸우며 항해를 할 때도 있었다. 이러한 어려운 환경(環境)을 견디고 이겨 내어 무엇인가 찾고 순간의 빛의 프레임을 생각하며 카메라 사각 속에 공간과 시간을 담아 올 수 있는 집념(執念)과 열정(熱情)의 순간들은 훗날 또 다른 시기에 그때를 돌아볼 때 약간의 아쉬움과 수정하고 싶은 작은 욕심이 생기지만 대게는 마음을 편안하게 해 주는 동시에 스스로를 위로해 주고 있음을 경험적으로 느꼈었다.

다시 사진 이야기로 돌아가 보자. 눈보라치는 폭설의 언덕 위에 누가 찾아오지도 않는 홀로 서 있는 나무, 눈 덮인 언덕 위의 외딴 빈집 그 집에는 누가 살았을까. 모래 폭풍이 몰아치는 사막에서 한 장의 사진을 얻기 위해 카메라를 다 망쳐 버린 일이며, 강력한 태풍이 몰아치는 파도 속에서 꿋꿋하게 파도와 싸우며 바다의 길잡이 임무를 충실하게 해내는 등대를 보며 매 순간을 놓치지 않으려던 기억, 하늘을 떠받치고 늠름하게 그 위용을 자랑하고 있는 캐나다 국립공원 밴프에 있는 고산준령들, 지구 반대편 페루의 봄이 찾아와 들판을 연록색으로 물들이던 잊지 못할 아름다운 장면들, 수만 년 동안 눈이 쌓이고 쌓여 만들어진 남극의 빙산들의 녹아내리고 있는 모습들, 덴마크의 잔잔한 바다를 가로지르는 끝이 보이지 않는 동틀 무렵의 평온한 길고 긴 다리를 보며 자연의 경이로움을 몇 번이고 생각하며, 렌즈에 비쳐지는 피사체들이 언제 또 없어지거나 파손(破損)되지 않을까 하는 상념(想念)에 젖곤 한다.

인간은 자연 속에서 숨 쉬고 자연을 사랑하고 이용하면서 한편으로는 자연을 파괴하고 병들게 하며 살고 있다. 나는 나름의 자연의 법칙을 늘 생각하며 산다. 즉 편리한 만큼의 고난이 닥치며 그 편리함이 크면 클수록 비례하여 우리들에게 더 큰 시련으로 되갚아지게 될 것이라는 것을, 그렇지만 인간은 자연에 대하여 끊임없이 도전하며 훼손을 멈추지 않고 있는 것을 그동안의 이곳저곳 사진 여행에서 보고 느꼈다.

작가적인 입장에서 볼 때 사실 여기 펼쳐진 사진들은 어느 지역 또는 주제별로 또는 시간적인 구분으로 연작(連作)의 필요성이 강하게 대두되어지는 것들이다. 어떻게 보면 연작이란 작가가 가야 하는 길이기도 하다. 사진은 회화나 글씨가 아닌 순간 포착으로 변경이나 변형이 어렵다. 사진은 현실 그대로 그 순간을 고정시켜 버린다. 사진가는 사진 속의 무엇인가 이야기를 담고 철학을 담고 의미를 부여하여 보는 사람으로 하여금 오래도록

가슴에 남길 수 있도록 하는 의미(意味)의 전달 내용이 담긴, 즉 예술성(藝術性)이 있는 사진을 만들고 싶은 것이다.

롤랑 바르트는 "사진은 존재(存在)의 확실성(確實性) 그것이 거기에 있었고 존재했다."라고 했다. 이 책에 실린 사진들은 독자들께서 한두 장의 사진보다 지구 구석구석에 펼쳐진 자연의 아름다움을 표현한 작가의 사진 세계로 이해해 주기를 바라는 마음이다.

2021년 4월
전호경

| 차례 |

1991

앰뷸런스

이상열

어릴 적
웨-앵 하면서 살같이 달리는
앰뷸런스 뒤를 좇으며
나도 꼭 한 번 타 볼 거야
결심했었지

삼신할머니 잊지 않고
귀엽다고 기어이
마흔 고개 넘기지 않고 약속 지키셨지

목 부러져
배는 남산 같고
사지 어디 한 군데 움직일 수 없었지
삼신할머니 장난이 너무 심했었나

내 혼은
이승 저승을 바쁘게 오갔지
포항, 대구를 삼십오 분으로 나르는데
참 신났지. 온갖 차는 다 비켜 주고

한평생 남에게
추월만 당하다가
오늘
시원하게 추월 한번 해 보네

실금실금 웃다가
링거병 움켜쥐고 사색이 된
아내 얼굴 쳐다보고
아차!
처자식 땜에 정신차려야제

이오-이오
요즘 앰뷸런스는 소리도 부드럽네
이오-이오-이오.

故 이상열 ———
남. 1945년생. 척수장애
『조선문학』 신인상(1994)
구상솟대문학상 최우수상(1991)
구상솟대문학상 대상(1999)
시집 「우리가 살다 힘들 때면」, 「우리 사는 동안」 외 다수.

태풍에 거친 쇄파 2, 제주(2019. 9)

어머니! 하늘빛이 어떻습니까?

이종형

어머니!
시방 하늘빛이 어떻습니까?
하늘은 코발트빛 양떼구름 한가로이 놀고
고추잠자리 떼는 나직이 잡힐 듯이 날아갑니까?
십여 년 땀냄새 절은 병상의 이불을 걷어 내고
길이 열려 하늘 닿은 곳까지 발목이 시리도록 먼길을 걸어온 오늘
어머니!
나는 오늘에야 내게도 빛이 비추고 있음을 알았습니다
오늘은 나보다도 더 간절하게 사람을 그리워하는 사람을 만나고
그들과 더불어 호흡하며 나누며
아파도 살아야 하는 이유를 알았습니다
어머니!
시방 하늘빛이 어떻습니까?
아직도 금병산에는 까마귀 떼가 떼 지어 날고
하늘에는 먹구름이 몰려듭니까?

어머니!
어머니! 시방 하늘빛이 어떻습니까?

이종형 ————

남. 1964년생. 지체 · 시각장애
구상솟대문학상 최우수상(1992)
한국맹인복지연합회 창작시 공모 당선(1996) 외
시집 「어머니! 하늘빛이 어떻습니까?」
고등학교 때 폭발물 사고로 두 눈과 두 손을 잃고,
실명하기 전 본 사물들에 대한 기억으로 시를 썼는데
손 절단장애로 점자조차 사용할 수가 없어서
동네 아이들이 놀러오면 대필을 시켰음.

쿠스코의 들판, 페루 (2019. 11)

케이블카를 꿈꾸는 마천루의 폐하

김윤진

그 옛날 물푸레나무에 얽힌 전설은 내 몰라도
물푸레골 폐하는 23개의 계단을 지나
좌회전 이백 미터 마천루에 앉아
3개월에 한 번씩 가스가게에 이런 전화를 합니다
고객번호 72번
고 시연골 오십 미터 대문 없는 집입니다

쌀 반 가마니의 무게를 어깨에 짊어 메고
청년은 자신의 나이보다 어쩌면 많을
마천루 계단을 오르며 붉으락푸르락
가스통이 쿵쾅쿵쾅 엉덩이는 실룩샐룩
풋사과 같은 얼굴이 휴지뭉치처럼 구겨집니다
아무리 가스 무게가 삶의 무게보다 더 무거울까

월급과 계급은 무한정 오를수록 좋고
폐하들 궁전은 낮을수록 편하겠지만
그래도 오늘만큼은 내가 왕인데
왕으로서 푸대접받는 날은 펄펄 뛰던 기분이
에누리없이 천국에서 지상으로 곤두박질칩니다
성능 좋은 케이블카를 또 한 번 꿈꾸며.

김윤진

여. 1963년생. 지체장애
구상솟대문학상 최우수상(1995)
대한민국장애인문학상 단편, 장편, 동시 당선 외
시집「세상에서 제일 좋은 베스트 리모콘」 외
2세 때 소아마비로 다리가 불편하지만 평범한 여성으로 살다가
각종 장애인문학상에 도전하여 수상하며 작가로 발돋움.

1996

모과 하나 키우며

남인우

한생에
가꾸어야 할 땅이라
스스로 주인이 되고
과목이 되어
때없이 무성해지며
자라나는 절망을
마른 가지이듯 잘라 내고 있었네

빛 좋은 사과 한 알보다
속이 익은 모과 한 개로 익고자
그 긴 가뭄에도
내 눈물 길어 내어 물을 주었네

밤이면 고단한 몸 풀어 이슬 담고
가을볕 한자락에도 감사해하며

안으로, 안으로 익으려 했네
못생긴 몸뚱이에 향내 담아 보고자.

故 남인우

남. 1945년생. 지체장애
제1회 구상솟대문학상 대상(1996)
시집 「남은 것을 위하여」 외.

키보드 두들기기

우창수

가, 나, 다, 라
반듯한 글씨체
손보다 더 낫다

키보드
나의 손
꾹꾹,
콱콱,
화면 가득한 흰 개미
줄 지어 간다

지렁이
꿈틀대는 지렁이
소금을 뿌려라
쓰리다
아프다
꿈틀꿈틀

시야 흐려진다
흰개미,
흰개미가
지렁이 살점을 한 점
가득히 물고
화면으로
화면 속으로
달아나 버렸다

꾹꾹,
콱콱,
가, 나, 다.

우창수

남. 1972년생. 뇌병변장애
구상솟대문학상 최우수상(1996)
대한민국장애인문학상 소설 가작(1998) 외
KBS라디오 〈KBS무대〉 라디오극장, MBC-TV 드라마넷 〈별순검 시즌3 제7화〉
희곡, 소설, 시 작품 다수 발표 외
시나리오집 「내 손가락 끝의 지옥도」
4남매 중 막내로 태어났는데 신생아 황달이 뇌성마비로 이어져 네 살이
되어서야 간신히 앉을 수 있게 되었음. 배워야 장애를 극복할 수 있다고
믿는 어머니 덕분에 대학에서 철학을 전공.

남고비사막의 때아닌 눈보라 2, 몽골(2017. 5)

등꽃

최종진

한 방울의 눈물도 허락지 않네
모질게 꼬여
눈물겨운 네 꽃이 피기까지
숨 한 번 크게 쉬지도 못하였어라

박토에 뿌리내려
폭염을 가르고
이렇게 그럴싸한 그늘을 만들기까지
목말라 애태운 나날들이
온몸을 비틀어 남긴
무수한 상처 위에
오늘은 마침내
찬연한 꽃사태로 눈부시어라.

최종진 ———
남. 1957년생. 척수장애
제2회 구상솟대문학상 대상(1997)
시집 「그리움 돌돌 말아 피는 이슬꽃」 외.

섬

이남로

몸을 뒤척일 때마다 하얗게 일어나는
꿈의 조각들은 밤을 지키고 있었다
지워진 기억 사이로 묻어나는
꿈속에 발을 적시고
인연이 웃음으로 살아나는 안면의 밤이
익고 있었다. 그리움 사이를 배회하는
시심의 조각들이 꿈의 기억들을
채우고 있었다. 소스라치듯 일어나는
갈매기의 울음이 들어 있는
기억의 바다,
꿈이 묻어나는 대나무의
흔들림으로 시를 잉태하는 섬.

이남로

남. 1962년생. 뇌병변장애
순수문학 최우수상(1994)
구상솟대문학상 최우수상(1997)
대한민국장애인문학상 아동문학 부문 가작(2005)
대한민국장애인문학상 수필 부문 당선(2006) 외
시집「눈이 내리지 않는 까닭」,「하늘 향해 길을 가다」,
「네가 있기에 오늘 나는 네 곁으로 간다」,「기억을 위한 노래」,「사람 사는 세상」 외
태어난 지 1년 4개월 만에 찾아온 고열로 뇌성마비장애를 갖게 됨.

나무는 스스로에게 기대어 잠을 잔다

최 림

지극히도 고요한 휴식을 보라
어느 이유에도 의지하지 않는 저 기막힌 자유로움
제 스스로에게 기댄 채 나른한 휴식을 취하고서
절대로 지치거나 절망하지 않는 저 보행을 보라

요란하지도 떠들썩하지도 아니한
언제나 고요하고 조용한 저 보행들
부활의 순간을 위해 주어진 모든 빛깔을 지워 내며
나무는 스스로에게 기대어 잠을 잔다.

최 림 ────
남. 1956년생. 척수장애
제3회 구상솟대문학상 대상(1998)
시집「푸른 상어 이야기」외.

눈 덮인 언덕에 홀로 있는 나무, 일본 북해도(2018. 12)

1999

그대가 매어 놓은 그리움

김시경

그대가 매어 놓은 그리움 때문에
콩나물을 다듬다가
CD를 올려놓다가
털썩 주저앉는
애처로움으로 나는
해장국도 먹지 못하고
연주곡도 듣지 못하네

창문 밖에는
멀리 도망가자고
아무도 없는 데서 살자고
내 손을 잡아당기던,
그대 모습으로 뒤덮이고

또다시
콩나물을 다듬다가
CD를 올려놓다가
털썩 주저앉는 나는
그리움 때문이 아니라
건조한 날씨 때문에
외출하지 않은 거라고 울먹이고

털썩
털썩
주저앉는 날들을 휘둘러
내 마음으로 엮은
그리움의 고리를
풀어 떨칠 수만 있다면

어느
건조한 하루쯤은
술 없이
음악 없이
견딜 수도 있겠네

그러나
창틀에서 흥얼거리는 손가락도
덤덤하게 길게 뻗은 발뒤축도
모두
그대가 매어 놓은 그리움들
그리움들이네.

김시경

여. 1972년생. 지체장애
구상솟대문학상 최우수상(1999) 외
연극배우. 봄온아나운서 장애인교육 수료, 연극 출연 외
소아마비로 휠체어를 사용하며 제주도에서 살다가
예술 활동을 하고 싶어 서울로 와서 생활.

난을 위한 노래

최명숙

눈보라 매섭던 섣달그믐께
누구인가 갖다 버린
주인도 모를 난초 한 포기를 안아다가
남동향으로 나 있는 창가에 두었다

꺾인 가지는 동상마저 걸려 진물이 흐르고
바람결에 야윈 살이 트는 천덕꾸러기를
겨울볕을 좋아하는 소망으로
들녘에 아지랑이 피기를 기다리는 봄누리로
보듬고 감싸 주었더니

해가 저물고 또 한 해가 열리는
세월을 잇는 해거름녘에
아아, 이 어찌된 해탈인가

눈물나도록 청아한 화관을 두르고
내 앞에 일어서더니
날카로운 듯 부드럽게 휘어지고
정갈한 듯 수더분한 그 자태
어느 게 이토록 고결한 환생을 이루었는가
어느 게 이처럼 위풍당당한 풍모를 가졌는가

한생의 기쁨은
숱한 인연의 고해를 건넌 후에야
한결같은 마음으로 보듬어진 보람으로
마침내 새살이 돋아 피어났구나.

최명숙

여. 1962년생. 뇌병변장애
중앙일보 시조백일장 입선(1990)
『시와 비평』 신인상(1992)
대한민국장애인문학상 소설 당선(1995)
제5회 구상솟대문학상 대상(2000)
시집 『인연 밖에서 보다』, 『따뜻한 손을 잡았네』, 『산수유 노란 숲길을 가다』,
『풀잎 뒤에 맺힌 이슬』 외 다수.

바위에 부서지는 거친 파도, 제주(2019. 9)

겨울나기

장진순

온몸으로 천천히 흔들리다
바람이 불 적마다 손짓해 보면
빈 가지의 허전함
채워지는 걸까

발목이 시리도록 지친 그리움으로
두 팔 들고 그렇게 흔들리면
말라 버린 수맥이 물기 머금을까
새봄 가득 새순이 돋아날까

온몸으로 천천히 흔들리다
모질도록 동여맨 겨울나기 끝이면
기다림을 칭칭 감아
키가 자라날까.

장진순

여. 1958년생. 지체장애
구상솟대문학상 최우수상(2000)
대한민국장애인문학상 단편 당선(2002) 외
시집 「우리가 사랑이라고 부르는 것들」
한국장애인연맹 부산지회장
소아마비로 휠체어를 사용하며 부산을 발판으로
장애인복지운동을 하고 있음.

얼어붙은 호수의 고목, 일본 북해도(2018. 12)

견우와 직녀

정중규

그대 사랑 그리움만큼
소들은 살 오르고
그대 베틀 소리
얼마나 메아리져 닳았는가

이리도 짧은 만남 위해
그리도 긴 기다림
차라리 영겁을 못 만날
절망의 운명보다
더 절망스런 안타까움

그래도 단단한 반가움 안고서
한 마리 소 끌고 오늘도 가고
그대는 베 한 필 안고서 온다.

정중규

남. 1958년생. 지체장애
부산가톨릭문예작품 공모전 입상(1997)
제6회 구상솟대문학상 대상(2001)
비평집 「빈 들에서 부르는 새천년의 노래」
시집 「먼길 가면서」(공저) 외.

쿠스코 외곽 초원의 봄, 페루(2019. 11)

낙엽

주치명

나무에서 가을이 진다
산은 말이 없다
앙상한 가지 사이로 달이 진다
고개를 저으며 하늘 한 번, 땅 한 번
달빛 젖은 얼굴로 먼 산을 바라본다
그래도 산은 말이 없다.

주치명 ────────

남. 1962년생. 시각장애
구상솟대문학상 최우수상(2001)
시집 「당신은 모르시나요」 「동백꽃」 「노오란 호박꽃 어머이 어머니」
군복무 중 장갑차 운전 당시 돌이 날아와 왼쪽 눈에 들어와 박힌 것이
훗날 포도막염으로 진행이 되어 실명. 왼쪽 눈이 잘 보이지 않아 오른쪽
눈이 혹사당하면서 오른쪽 눈마저 무리를 해서 실명이 됨.

학성문집

권주열

  학성동 가구 골목에 가면 학성문집이라고 있다. 그 안에는 문이 수북 쌓여 있다. 문도 정작 여닫기기 전에는 저렇게들 겹겹이 누워, 창이 오기 전에 미리 창으로 기다리거나, 집보다 먼저 문으로 설레는구나, 하고 지나치는데, 문득 학성문집 그 커다란 출입구엔 문이 없다. 치아 빠진 잇몸 같은 문틀만 남아, 행여 저렇게 많은 문이 걸리적거릴까 봐, 문을 떼버린 학성문집. 그 문 안에는 연신 기계가 돌아가고 톱밥이 날리지만 마음의 안팎으로 서성이던 문, 노크를 해도 짐짓 벽인 체하던 문, 마침내 마음 열고 사방 벽까지 환하던 문, 문은 없다 그 어디에도. 단지 수북하게 쌓인 짐짝, 그 짐짝들이 먼지 뒤집어쓴 채 문을 못 열고 있다.

권주열 ————
남. 1963년생. 지체장애
올해의 작가상(울산문인협회, 2009)
제7회 구상솟대문학상 대상(2002)
『정신과 표현』 추천
시집 「바다를 팝니다」 「바다를 잠그다」
「붉은 열매의 너무 쪽」 「처음은 처음을 반복한다」 외.

내 손안의 묵주

최현숙

전쟁이 났다 한다
하늘엔 바벨탑, 바빌론의 공중정원
떠다니는 곳
꽃비처럼 터지는 공습경보 속을
달려가는 알리, 알리는 열세 살
두 볼이 통통한 이라크 소년
열화우라늄탄 쏟아지는 사막
더러는 잘리고 더러는 뒹구는
팔, 다리, 화상 입은
알리들이 운다
나는 울지 않는다. 무력하게
TV 앞에서
다만 기억할 뿐이다
진흙판에 새겨진 이 세상 맨 처음 법이
검은 연기로 타오르는 장관을

역사의 강 건너는 미제 군화를
지켜볼 뿐이다. 인류가 믿었던 마지막
질서마저 짓밟힌 티그리스, 유프라테스
두 줄기 눈물 사이로
밤을 새운 기도는 한갓 덧없고
버리지 못한 습관인 양 아직도 내 손안엔
지구를 돌고 있는 바빌론의 묵주,
귓바퀴를 후려치는 때늦은 공습경보.

최현숙

여. 1958년생. 지체장애
제9회 구상솟대문학상 대상(2005)
대한민국장애인문학상 동화 부문 당선(2005)
창작동화 「작은 세상」, 「계절을 여는 아이 오늘이」, 「내 이름은 자청비」 외 다수.

태풍에 거친 쇄파 1, 제주(2019. 9)

낙하의 힘

손병걸

모든 물질들은 때가 되면 떨어지고
떨어지는 그 힘으로 우리는 일어난다

그때도 그랬다. 천수답 소작농으로
시도 때도 없이 떨어지는 쌀독 탓에
수백 미터 갱 속, 아버지의 곡괭이질과
시래기 곶감 담은 대야 이고 눈길을 헤치던 어머니의 힘으로
우리 남매는 교복을 입고 푸르른 칠판을 바라보며
김이 오르는 밥상 앞에 앉아 왔다

어느덧, 딸내미 책가방도 무거워 가는데
떨어지고 떨어지는 허기진 살림 탓에
아내는 새벽부터 출근을 서두르고, 나는
채 익숙지 않은 흰 지팡이를 펴고
늘, 시큰둥한 면접관을 만나러 간다

떨어지는 힘으로 제자리를 잡는 일이
어디 우리네 살아가는 일뿐일까
이를 악물고 비바람을 견뎌 온
꽃봉오리가 펼친 꽃잎이 떨어지는 힘으로
덜 여문 열매가 익어 가고, 땅은 또 씨앗을 품듯
떨어진 이파리가 겨울나무의 발목을 덮어 주며
기꺼이 썩어 주는 열기로 봄은 돌아오는 것
보라, 떨어지는 별들의 힘으로
못내 구천을 떠돌던 가난한 영혼들이
하늘에 내어 준 빈자리에 자리를 잡듯
그 순간, 별똥에 소원을 비는 것도
다들 낙하의 힘을 믿고 있는 탓이다.

손병걸

남. 1967년생. 시각장애
부산일보 신춘문예 시 부문 가작(2005)
제10회 구상솟대문학상 대상(2006)
중봉조헌문학상 대상
시집 「나는 열 개의 눈동자를 가졌다」, 「푸른 신호등」, 「통증을 켜다」 외 다수.

강력한 파도와 싸우는 등대, 제주 (2019. 9)

목욕탕에서

이상규

일주일마다 어김없이
거쳐야 하는 목욕탕에서
온몸이 마비된 아들 때문에
골이 깊게 주름진 어머니 모습

말없이
통나무 굴리듯 굴려
거칠고 투박한 손에 이태리 수건 끼워 껍질 벗겨 내듯
박박 문지르고
줄기차게 뿜는 물줄기로 뿜으면
시원스레 씻기어 내려가
수북하게 쌓이는 기름때

몇 번 하는 동안
팔 다리 오므라져 괴로워하며,

조금도 도움 못 주는 나는
내 가슴속에 쌓인 아픔도 씻겨 주세요
땀 흘리시는 당신께 말하고 싶지만

갑자기
벙어리가 되어
닭똥 같은 눈물만 자꾸자꾸 흘렸다

그 모습 쳐다보고
안쓰러워하시는 어머니
그 후로 나는
당신 앞에서 울지 않았다.

故 이상규
남. 1963년생. 전신마비
『문학공간』 등단(2001)
구상솟대문학상 최우수상(2006) 외
시집 「휠체어 위에 실은 넋두리」
군 입대 후 세균 감염으로 식물인간 판정을 받고 보훈병원에서 30여 년 동안의
오랜 투병 생활을 하며 눈동자 인식으로 한 자 한 자 시어를 빚어내다 2013년 별세

거친 파도에 맞서는 바다의 길잡이, 제주 남원(2019. 9)

어떤 중매

한상식

늦가을이 되어서야 배추에게 허리띠를 둘러 주었다
금세 허리가 오드리 헵번처럼 날씬해진 배추 아가씨들
옆 고랑에 서 있던 무뚝뚝한 경상도 무 총각들이 힐긋힐긋 눈길을 주니
새침한 배추 아가씨들 슬쩍, 딴청을 부리며
넓은 배춧잎으로 내 종아리를 툭, 툭 친다
평소 심드렁하게 배추 아가씨들을 바라보던 무 총각들
한층 날씬해지고 예뻐진 배추 아가씨들을 보며
저희들끼리 수군거리기도 하고 옷매무새를 다듬느라 분주하다
내 한 끼 허기를 달래기 위해 텃밭에 심어 놓은 배추와 무도
때가 되니 서로에게 이끌려 한 홉의 사랑을 하려 하는구나
그날 밤이었다. 방에 누워 책을 읽고 있는데
배추 아가씨와 무 총각이 소근거리는 소리가 들렸다
설렘으로 물든 그 음성에 별이 핑그르르 돌아앉던 가을밤이었다
올해도 나의 중매는 성공이다, 여느 해처럼.

한상식

남. 1975년생. 지체장애
대한민국장애인문학상 시 부문 가작(2003)
구상솟대문학상 최우수상(2003)
국제신문 신춘문예 동화 당선(2005)
대한민국장애인문학상 시 부문 당선(2006)
제11회 구상솟대문학상 대상(2007)
시집 「어떤 중매」
동화집 「엄마의 얼굴」 외.

남고비사막의 사정없이 몰아치는 모래폭풍, 몽골(2017. 5)

아침

김명희

어둠을 밟고 밤을 건너
문밖에 섰다
밝음을 노래하는 명랑한 새
간밤의 슬픔을 햇살로 닦으며
활짝 웃는 꽃잎
무덤처럼 고요한 침묵을 깨고
소리로 일어나 눈을 비빈다
어제도 오늘도 그리고 영원히
빛을 뿌린다
기쁨을 뿌린다.

김명희 ————

여. 1959년생. 지체장애
구상솟대문학상 최우수상(2007) 외
시집 「이슬의 말」
초등학교 6학년 무렵 허리통증과 한쪽으로 기우는 걸음걸이가 척추에 생긴
종양 때문이라는 말을 듣고 수술 후 중학교 2학년부터 휠체어를 타게 됨.

차마고도에서 바라본 만년설, 티베트(2018. 5)

안녕, 치킨

이명윤

이번엔 불닭집이 문을 열었다
닭 초상이 활활 타오르는 사각 화장지가
집집마다 배달되었다
더이상 느끼한 입맛을 방치하지 않겠습니다
공익적 문구를 실은 행사용 트럭이 학교 입구에서
닭튀김 한 조각씩 나눠 주었다
아이들은 불닭집 주인의 화끈한 기대를
와와, 맛깔나게 뜯어먹는다
삽시간에 매운 바람이 불고 꿈은 이리저리 뜬구름으로 떠다닌다
낙엽, 전단지처럼 어지럽게 쌓여 가는 십일월
벌써 여러 치킨집들이 문을 닫았다
패션쇼 같은 동네였다. 가게는 부지런히 새 간판을 걸었고
새 주인은 늘 친절했고 건강한 모험심이 가득했으므로
동네 입맛은 자주 바뀌어 갔다
다음은 어느 집 차례

다음은 어느 집 차례
질문이 꼬리를 물고 꼬꼬댁거렸다
졸음으로 파삭하게 튀겨진 아이들은 종종 묻는다
아버지는 왜 아직 안 와
파다닥, 지붕에서 다리 따로 날개 따로
경쾌하게 굴러떨어지는 소리
아버진 저 높은 하늘을 훨훨 나는 신기술을 개발 중이란다

어둠의 두 눈가에 올리브유 쭈르르 흐르고
일수쟁이처럼 떠오르는 해가
새벽의 모가질 사정없이 비튼다
온 동네가 푸다닥,
홰를 친다.

이명윤

남. 1968년생. 지체장애
전태일문학상 시 부문 당선(2006)
계간 『시안』 추천
제12회 구상솟대문학상 대상(2008)
시집 『수화기 속의 여자』 『수제비 먹으러 가자는 말』 외.

남고비사막의 모래바람 2, 몽골(2017. 5)

빈집

김민수

종기처럼 그을린 마을이 늙을 때마다
빈집 하나씩 늘어 갑니다
허전한 맘에 빗물은 아무데서나 울며 흘러가고
꼭두새벽 소죽 끓이며 아침을 열던 부엌도
밖으로 나와 하늘만 봅니다
관절염처럼 삭여진 기둥 옹이에
마파람 설렁설렁 드나들어 휘어지고
지붕은 어느새 어깨까지 내려찍으며 힘들 뿐입니다
궁핍한 삶을 고스란히 찍어 두던 형광등도
깜빡거릴 기력도 없고
구석마다 참견하던 햇살도
추하게 널브러진 마당에 안쓰럽게 서성입니다
평생을 품안에 안고팠던 담장은
어느 날부터 시름 누워 있고

문패 하나 세우지 못한 죄로 대문은 충혈되어
세월의 녹만 멍처럼 번집니다.

김민수
남. 1962년생. 청각장애
『한맥문학』『시조문학』신인상
구상솟대문학상 최우수상(2008)
시집 『겨울강』『동백정』『여태 가던 길 가세』 외.

눈 덮인 언덕 위의 집, 일본 북해도(2018. 12)

흔들림에 대하여

김판길

순간순간마다 사람들은 풀꽃처럼
흔들립니다

발자국에 묻어나는 쓸쓸함에도
덧없이 흔들립니다

묵은 것에 새것을 더해야 할
시간에도 허전하여 또 흔들립니다

강은 무수한 소리의 흔들림
세상에서 애착은 한때의 속절없음

아무도 거들떠보지 않는 돌들도
있어야 할 곳을 찾아 제 몸 뒤척이듯

지우고 비워야 가벼워지는 세상에서
지극히 작은 돌 같은 나로 인하여
흔들릴 세상을 바라봅니다.

김판길

남. 1959년생. 시각장애
실로암문학상 대상
대전점자도서관 시 공모전 대상
구상솟대문학상 최우수상(2005)
제13회 구상솟대문학상 대상(2009)
시집 「버팀목」 공저 「3천원짜리 봄」 외.

남고비사막의 모래바람 1, 몽골(2017. 5)

사모곡

김석수

어무이요,
웅굴재 봄보리도 푸르고
홍골 샛골에는
땔감나무도 많은데
갈밭골 등천에는 우예 누웠능교

재 너머 서낭디
물 좋은 방뜰 논 사서
이밥 실컷 해 줄 거라며
몸빼 고기 비린내 끊일 날 없이
그리도 알뜰하시더니만
우예면 좋능교
어무이요.

故 김석수 ⎯⎯⎯⎯⎯⎯
남. 1954년생. 전신마비
구상솟대문학상 최우수상(2009)
43세 때 교통사고로 경추를 다쳐 전신마비. 3년 간의 중환자실 생활. 7년간
삶과 죽음 사이에서 헤매던 끝에 문학에 입문. 인공호흡기에 의지해 들숨날
숨을 쉬며 더듬거리는 시어들을 곁에서 부인이 작품으로 옮김. 구상솟대문
학상 최우수상 수상을 사고 후 가장 보람 있는 일로 여기며 행복해함.

감자의 이력

강동수

생전에 어머니가 가꾸었던 앞밭에서
감자를 캔다
어머니의 손끝에서 싹을 틔우던 어린것들
주인을 잃고 시들어진 줄기를 걷어 낸다
호미가 지나갈 때 주렁주렁 매달려 나오는
어머니의 세월
감자도 이력이 있어 모양을 갖추었다
작은 근심 큰 근심이 같이 매달려 나온다
가끔 검게 타들어 간 어머니의 가슴이 세상을 향해
얼굴을 내민다
암덩이가 몸속에서 자라듯이
해를 보기 전 알 수 없는 감자의 이력

어둠을 안고 땅거미가 몰려올 때까지
눈물 같은 세월을 캔다.

강동수

남. 1961년생. 지체장애
『시와산문』 등단(2008)
제14회 구상솟대문학상 대상(2010)
국민일보 신춘문예 신앙시 공모전 당선
시집 『누란으로 가는 길』, 『기억의 유적지』, 『사라지는 것들에 대하여』 외.

57

살아 있는 것은 다 운다

심철수

하늘은 살아 있으므로 눈물 비 흘리고
땅은 뜨거운 숨 쉬는 흙가슴이다

뜰의 잡풀시울에 맺히는 흐느낌은
어둠 속 신의 설움 바람 부는 흔적이고

정원의 백합 장미꽃들이 꽃눈시울 적시는 이유는
어제 꺾인 백합 장미 송이가 그리움 그 때문 아닌가

하늘 신 땅이 울고 백합 장미도 눈물 흘리는데
살아 있는 사람이 어찌 울지 못하겠는가.

심철수

남. 1949년생. 신장장애
구상솟대문학상 최우수상(2010)
『스토리문학』 신인상(2010) 외
시집 『도시의 간이역』

고바사막의 낙타 행렬, 몽골(2017. 5)

동백의 분만

문영열

밤새 조잘대던
우주의 행성들이 숨을 죽일 때
앰뷸런스를 타고 온 봄

가지 끝 분만실은 분주하고
이윽고
산통을 느끼는 가느다란 경련

아!

푸른 가랑이 사이로
내미는 선홍빛 머리
한 녀석 활짝
기쁨의 눈물을 터뜨리자
여기저기 터지는 눈부신 울음

하얀 햇살의 손길이
쉴 틈이 없다.

故 문영열
남. 1964년생. 척수장애
제15회 구상솟대문학상 대상(2011) 외.

남고비사막의 모래바람 4, 몽골(2017. 5)

유민공주*의 사랑

허성욱

누군가를 시리도록 사랑한다는 것이
이토록 설운 것이라면
무엇과도 바꾸지 못할 그대를
그냥 이대로 가슴에 묻으렵니다

오늘도 님이 놀던 그곳을 보며
사무친 그리움에 몸서리치다
이내 몸 한 사랑이 여의만 할까
애써 애써 아닐 거라 고개만 젓다
애꿎게 옷매만 적셔 냅니다

기다립니다
말없이 그냥 기다립니다

언젠가 이곳을 쳐다봐 줄 당신이기에
눈길 쉽게 닿을 이곳에서
오늘도 당신을 기다립니다

해반천 줄기 물이 그어 놓은 그 금도
흥부암 종루(鐘樓)에 걸려 제 곡조를 이기지 못하듯
기다린다는, 언제까지 기다린다는
내 사랑의 여운은
언제나 봉황대(鳳凰台)를 싸고 돕니다.

故 허성욱

남. 1966년생. 전신마비
구상솟대문학상 최우수상(2011)
환산백일장 장원 외
교통사고로 전신이 마비되는 장애를 갖게 된 후
장기간 침상 생활로 호흡곤란 등 건강 악화.

* 유민공주: 가락국의 공주. 남편 황세 장군이 정혼녀 여의 낭자를 따라 죽자 절로 들어
  가 평생 두 사람을 위해 기도를 드렸다고 전함.

장보고기지 주변 2, 남극(2014. 2)

2012

해넘이

백국호

너의 입술처럼 붉은
하루를 닫는다

언제나 너의 손을 놓는 일은
아프다

사는 것이
헤어지는 연습이라고는 하지만.

백국호

남. 1948년생. 지체장애
『문학춘추』 작품상(1996)
제16회 구상솟대문학상 대상(2012)
시집 「내 안에 뜨는 상현달」, 「그리움을 밟으며」,
「징검다리를 놓으며」 외 다수.

동트는 아침 덴마크 해안 연육교(2012. 2)

마음을 파는 가게

심   금

신발이 닳아
떨어지면
신발가게에 가
새로 장만하는 것처럼

마음도
새로 사고 싶다

살 수만 있다면

옷이 닳거나
찢어지면
옷가게 가서
새로 사 입는 것처럼

내 가슴 안
오래되어 닳고 닳은
마음을
새로 장만하고 싶다

마음을 파는 가게가
어디 없을까.

심   금 ────

남. 1985년생. 지체장애
구상솟대문학상 최우수상(2012)
「문학미디어」, 「문학세계」 신인문학상 시 부문 당선
「아동문학세상」 아동문예 동시 부문 당선 외
동시집 「연꽃」, 공저 「하늘비산방」, 「꽃나무가 말했다」 등.

태풍에 거친 쇄파 3, 제주(2019. 9)

무덤새

김옥진

살아 있다고
손톱 발톱이 자란다

여자라고
달거리가 달마다 온다

종일 엎드려만 있어도
때 되면 배가 고프다

일주일분 창자가 찼다고
어머니 손가락은 똥구멍을 후벼 판다

살에 박힌 삽날을 뽑아
훨훨 34도에 묻는다.

故 김옥진 ─────

여. 1961년생. 척수장애
『시문학』 작품상(1993)
대한민국장애인문학상 시, 동시 당선
제17회 구상솟대문학상 대상(2013)
시집 「산골소녀 옥진이」, 「용복마을의 겨울」, 「애기똥풀과 보리깜부기」
수필집 「깊은 곳으로 가는 길목」 외 다수.

늙은 풍차

김옥순

운다
음–음

가쁜 숨 몰아
엎드려 걷는 걸음처럼
가다 서기를 하면서

뼛골이 부딪듯
삐걱, 삐거덕거리며

조그만 바람에도
서럽다, 서럽다고
속울음을 운다.

김옥순 ——————
여. 1949년생. 지체장애
구상솟대문학상 최우수상(2013) 외
시집 「11월의 정류장」
사고로 척추장애를 갖게 된 후 결혼하여 행복한 가정을 가꾸었지만
문학소녀의 꿈을 버릴 수 없어 솟대문학에 도전, 시인의 꿈을 이룸.

고통과 아름다움은 산 위에 산다

김율도

그렇다
고통과 아름다움은 주로 산 위에 산다
남산타워를 똑바로 응시했던
창신동 산꼭대기 시민아파트
중세의 성처럼 늠름한 아파트는
끝내 사람 손으로 부서지고
나도 머리 둘 곳이 없구나
그래도 여태껏
시계노점 성희 아버지, 중동에 간 건주 아버지
떠나고 싶어도 떠날 수 없는 산 위의 벌집에서
엄마는 손가락을 찍어 가며
몇 백 원 하는 머리카락 정리하는 일을 하고
온 식구가 손가락 다치며 몇 천 원짜리
잣을 까는 부업의 시간
때때로 바람이 집을 흔들었고
별빛 몇 개 흔들려
그냥 어둠이 될 때 산 하나가 날마다 솟고

산 하나가 날마다 무너지는데
지린내 나는 층마다 흘러나오는
아, 으악새 슬피 우니 가을인가요
늘 취해 있는 401호 아저씨는 으악새만
불러들이고
서정적으로 헤엄치는 창신동 사람 나는
땀에 절어 소금밭 그려진 옷을 입고
낙산허리 옛 성터*에서
삼거리 윷놀이 판과 깡통 돌리기를 뒤로하고
웃풍 센 겨울밤을 기도하듯 넘기는데
고통과 아름다움은 주로 산 위에서 산다.

* 창신동 중턱에 있는 명신초등학교 교가 중 일부.

김율도

남. 1965년생. 지체장애
서울신문 신춘문예 시조 당선(1988)
대한민국장애인문학상 시 부문 대상(1991)
제18회 구상솟대문학상 대상(2014)
시집 「엽서쓰기」, 「다락방으로 떠난 소풍」, 장편동화집 「큰 나무가 된 지팡이」 외.

장보고기지 주변 1, 남극(2014. 2)

파도를 베개 삼아

김준엽

오늘은 왠지 뭉게구름 타고
아무도 나를 모르는 곳으로
떠나고 싶어라

날이 아무리 밝아도
나를 그 누구도 모르면
나무를 흔들의자 삼고
넓은 풀잎을 양산 삼아
새들이 아름다운 노래하는
가운데 낮잠 자면
세상의 그 누구보다도 부러울 게
없을 것 같은데 못 떠나가니
내 힘을 잃어 가네

오늘은 왠지 서풍을 타고

멀리 망망대해로
떠나가고 싶어라

밤이면 하얀 구름을 이불 삼고
잔잔한 파도를 베개 삼아
바람과 갈매기들을 친구 하면
세상의 그 무엇도 부러울 게
없을 것 같은데 못 떠나가니
내 가슴속에 비가 내리네.

김준엽
남. 1970년생. 뇌병변장애
구상솟대문학상 최우수상(2014) 외
시집 「그늘 아래서」, 「내 인생에 황혼이 들면」, 「반추하다」, 「마음의 눈으로」 외
쌍둥이로 태어났으나 형은 세상을 떠났고 동생인 그는 뇌병변장애를 갖게 됨.
학교에 가지 못해 독학으로 한글 공부를 하면서 시를 쓰기 시작. 뒤늦게 시작한
공부로 사이버대학교 사회복지학과 졸업.

파도가 그리는 수채화, 제주(2019. 9)

달개비

김종태

나는 달개비
누구도 거들떠보지 않는
한갓진 구석에서
얼크러져 산다

지나쳐 버리는 곳
버림받은 들판에서
모양새 없이 자유로이
거드름이나 꾸밈없이
잡초라 잡초와 어우러져
한목숨 열심히 산다

고운 눈길 반가운 손길
이제는 기다리지 않는다
버려진 이곳에서

더 이상 무엇을 기다리랴
거친 땅 뒤덮고
오직 초록으로 자란다

공평한 햇살만 쏟아진다면야
나는 신이나 꽃을 피운다
겨우 세 장 꽃잎이지만
일 원짜리 동전보다 작은 꽃을
정성으로 피워 낸다

땅에서 받은 사랑은
초록으로 땅에 갚고
하늘에서 받은 사랑은
쪽빛 꽃잎으로 하늘에 바친다

다만 내게도 꿈이 있다면
이 땅에 버려진
잡초 같은 존재에게
작디 작은 꽃술처럼
진노랑 희망으로
작은 미소를 보내고 싶다.

김종태
남. 1953년생. 지체장애
제19회 구상솟대문학상 대상(2015)
시집 「풀꽃」, 「스카치테이프 사랑」, 시화집 「너 꽃 해」
수필집 「촌스러운 것에 대한 그리움」 외 다수.

앨버타의 카놀라 풍경, 캐나다(2019. 7)

동지(冬至)

김종선

낮은
햄스터 꼬리처럼 짧다
밤은 따리를 틀고
겨울잠에서
좀처럼
자리를 떠나지 않는
구렁이다
그래서 밤은 길다
촌로(村老)의 꼬리 짧은 기침만
가슴속을
생쥐처럼 드나드는
동짓날 밤.

김종선

남. 1958년생. 지체장애
월간 모던포엠 신인문학상
휴먼스토리 공모전 우수작 입선
인천장애인문학상(2014, 2015)
구상솟대문학상 최우수상(2015)
세계모던포엠작가회, 서울달섬문학회 회원
시집 「택시, 의정부데스까」 외.

고목 사이를 비추는 겨울 달빛, 일본 북해도(2018. 12)

내가 어둠이라면 당신은 별입니다

김대원

내가 수라면
당신은 수틀이예요

나는 아름다울 수 있지만
당신 없이 안 돼요

내가 어둠이라면
당신은 별입니다

당신은 빛날 수 있지만
당신은 나 없이는 못해요

우리는 따로 떨어져서는
아름다울 수 없습니다.

김대원
남. 1967년생. 지체장애
『시대문학』 등단
제20회 구상솟대문학상 대상(2017)
시집 『혼자라고 느껴질 땐 창밖 어둠을 봅니다』,
『밤하늘이 있기에 별들은 더욱 아름답습니다』,
『그 별 가까운 곳에』, 『내가 어둠이라면 당신은 별입니다』 외 다수.

남고비사막에서 떠오른 눈보라 1, 몽골(2017. 5)

바리데기 언니

김미선

옛날 옛날
간난이 상고머리 계집애
두어 살 더 먹은 언니
두 살 더 아래 동생을 업고
길을 나섰다

역전 마라보시* 삼거리를 지나
먼실 안골로 가는 길
용케 차라도 지나갈 테면
뽀얀 먼지 앞을 가리던 자갈밭 신작로

큰 계집애가 작은 계집애
엉덩이 치킬 때마다
빨간 갑사치마 위로 말리고

엉덩이는 아래로 빠져

세 번 네 번 치키다 숨이 차올라
미루나무 둥치에 기대
목에 매달린 동생을 내렸다
아침에 곱게 맨 저고리 고름이 풀리고
연분홍 리본도 먼지에 더러워졌다

큰 계집애 중년 아낙네처럼
허리를 쭈욱 펴고
고사리 손이 아낙네 손바닥인 양
작은 계집애 이마를 쓰윽 훔쳐 주었다

미루나무 꼭대기에 구름이 뭉게뭉게
멀리서 딸딸이 용달차

* 마루보시(丸星): 대한통운의 일제 때 이름.

80

먼지기둥을 달고 탈탈탈

오늘은 막내이모 혼례식
키 큰 이모는
키 크다고 타박 받아
팔십 리 노총각한테 겨우 시집가는 날

외갓집 마당에는 차일이 올라가고
초례상 양쪽엔 푸른 대나무
청홍 목기러기 사이에 두고
팔십 리 노총각 사모관대 차리고
안골 노처녀 연지 곤지 찍는 날

패랭이꽃 핀 고샅길
기름 냄새 고소하고

차일 자락도 외삼촌 두루마기 자락도
펄렁펄렁 춤추는 날

잔치 소식 신명 올라
큰 계집애 동생 치마저고리 입히고
꽃분홍 머리에 꽂고
엄마 아부지보다 먼저 나선 길

번데기공장 엄마는
공원(工員)들 밥 준비에
동동걸음 치는데
얼굴이 까만 계집애
동생을 치켜 업고 길을 떠났다

네댓 살 되도록

81

걷기는커녕
일어서지도 못하는 동생을 업는 일이야
동네 숨바꼭질보다 더 흔한 일
갑사 치마저고리 곱게 입힌 동생을 업고
예닐곱 살 언니가 길 위에 올라섰다

가다가 쉬고
가다가 쉬고
쉬다가 또 가고
전라도 황톳길 걸어 걸어가다가
발가락 하나 빠지고 또 빠지던 문둥이 시인 한하운처럼

두 살 더 먹은 계집애가
두 살 더 어린 계집아이를 업고
몇 걸음 걷다가 궁뎅이 쑥 빠지고

몇 걸음 걷다 궁뎅이 아래로 빠지는 동생을 업고

외갓집 이모 혼례식에 가는 길
자갈밭 신작로 먼지 풀풀 날리고
미루나무 꼭대기엔 뭉게뭉게 구름이 피어올랐다.

김미선
여, 1955년생. 지체장애
『동서문학』 소설 신인상(1994)
제21회 구상솟대문학상 대상(2018)
시집 「너도꽃나무」
소설집 「눈이 내리네」, 「버스 드라이버」
수필집 「이 여자가 사는 세상」 외 다수.

밴프국립공원의 거친 바위산, 캐나다(2019. 7)

2019

심부름하는 아이

김 민

1

텃밭 사이 지름길로 오다가 발을 빠뜨렸지 뭐예요
그래서 그냥 심어 놓고 왔어요

그래서 늦었구나, 얘야
솥뚜껑 좀 닫아 주지 않겠니?

예, 알겠어요
무엇이든 닫아 버리는 일은 제 몫이니까요
그런데 뚜껑은 어디 있어요?

곰쥐 떼가 몰려온다는구나

안에 들은 이건 대체 뭐죠?
처음 맡아 보는 냄새예요

너의 탯줄로 만든 순대란다
맛 좀 봐주련?
칼을 가져오려무나

칼은 제가 계속 가지고 있으면 안 될까요?
웃자란 발가락을 솎아내야 하거든요
참, 그것들도 같이 찌면 좋겠네요

이제부터는 네가 찜솥을 맡아도 되겠구나
뚜껑은 찾았니, 얘야

이제 뚜껑은 찾을 필요 없어요
제 몸을 통째로 넣을 거니까요

곰쥐 떼가 몰려오고 있질 않니

곰쥐는 저처럼 질긴 상처는 먹지 않는대요
그러니 아무 걱정 마세요
어머니

2
날이 궂으니 솜틀집에 눈물샘 좀 맡기고 오려무나.

김 민
남. 1968년생. 뇌병변장애
『세계의 문학』 등단
제22회 구상솟대문학상 대상(2019)
시집 「길에서 만난 나무늘보」, 「유리구슬마다 꿈으로 서다」 외.

쿠스코의 봄길, 페루(2019. 11)

달팽이

손성일

달팽이가 느린 건 집이 있어서예요
집을 사려고 바삐 뛰지 않아도 되니까요

느리게 움직이면 보이지 않던 게 보인다고 해요
폐지의 무게로 헉헉거리는
할머니의 활기찬 호흡과
햇빛에 반사되어 찬란한 빛을 뿜어대는
노동자의 굵직한 땀방울
그리고 저 너머의 금이 간
아파트 베란다 건조대에서
자신을 보며 방긋 인사하는 형형색색의
빨래가 꽃무리처럼 아름답다고 해요
그러면 꺽꺽거리는
감동의 울음소리가 나오고
그제야 살아 있는 느낌이 든다고 해요

이제 집으로 돌아가네요
보글보글 톡톡, 보글보글 톡톡
구수한 된장국 소리 따르는 달팽이를
별 등 켜는 아이가 하나, 둘 불을 밝히며 따라가요
그 모습, 소독차 쫓아가는 아이 같아요.

손성일

남. 1977년생. 뇌병변장애
대한민국장애인문학상 우수상(동시, 동화)
부산가톨릭문예 공모전 시 입선(2014)
『아동문예』문학상 동시 당선(2017)
제23회 구상솟대문학상 대상(2020)
전자시집 「나는 별을 세는 소년입니다」
동시집 「솜사탕 이불」외.

남고비사막의 모래바람 3, 몽골(2017. 5)

솟대시인들의 사랑 노래

맹문재(문학평론가·안양대 교수)

1.

구상솟대문학상 수상 작품들에 나타난 사랑은 자신의 신체장애로 인한 고통과 사회로부터의 편견을 극복하려는 표상이다. 장애의 조건에 함몰되지 않고 자신을 지키는 것은 물론 다른 존재들을 포용하는 성숙한 인간 정신인 것이다. 사랑은 인간 존재로서 갖는 근원적인 감정이면서 이성적인 존재로서 추구하는 의지인데, 솟대시인들이 추구하는 사랑은 더욱 그러하다.

이와 같은 면은 일반 서점, 인터넷 검색, 『솟대문학』에서 추천한 시, 수필, 소설, 수기, 자서전, 번역 등을 담은 190권의 지체 장애 관련 도서를 검토하고 분석한 결과 제목에서 사랑에 관한 것이 23권이나 된다는 사실에서 확인된다. 희망에 관한 제목이 14권, 휠체어에 관한 제목이 10권, 발에 관한 제목이 8권, 손에 관한 제목이 4권인 것에 비해 사랑에 관한 제목이 월등하게 많은 것이다.[1] 비장애인들이 간행한 도서에도 사랑에 관한 제목이 많지만, 장애인들의 작품집에서 훨씬 두드러지는 것이다.

---

1) 오세철, 〈재활문학에 나타난 지체장애인의 사랑과 희망에 대한 경험 고찰〉, 『중복·지체부자유연구』 제55권 제1호, 한국지체부자유아교육학회, 2012, 72쪽.

솟대시인들 시에 나타난 사랑은 "그리움 사이를 배회하는/시심의 조각들"(이남로, 〈섬〉)을 빛나게 꿰기 위해 컴퓨터의 자판기를 "꾹꾹,/콱콱,/가, 나, 다"(우창수, 〈키보드 두들기기〉)를 두들기는 글쓰기에 대해서부터, "나무에서 가을이" 져도 "산은 말이 없"(주치명, 〈낙엽〉)는 모습을 발견하거나 "언제나 너의 손을 놓"(백국호, 「해넘이」)는 것을 아쉬워하는 자연 사랑에 이르기까지 다양한데, 이 글에서는 자기애와 대상애로 분류해서 살펴보고자 한다.

자기애는 자신을 사랑하고 행복을 추구하는 것으로 솟대시인들의 시에서 특히 주목된다. 장애를 겪는 자신을 포용하는 것이 힘든데도 불구하고 포기하지 않기 때문이다. 따라서 솟대시인 시에 나타나는 자기애는 자신만을 사랑하고 다른 사람을 배타하는 이기적인 사랑과는 다르다. 오히려 자기 이외의 대상들도 기꺼이 포용하는 대상애로 확장된다. 대상애는 성애(性愛), 가족애, 사회애, 인류애, 자연애 등으로 세분화할 수 있다.

2.

나는 달개비　　　　　　　　　　　모양새 없이 자유로이
누구도 거들떠보지 않는　　　　　거드름이나 꾸밈없이
한갓진 구석에서　　　　　　　　　잡초라 잡초와 어우러져
얼크러져 산다　　　　　　　　　　한목숨 열심히 산다

지나쳐 버리는 곳　　　　　　　　고운 눈길 반가운 손길
버림받은 들판에서　　　　　　　이제는 기다리지 않는다

버려진 이곳에서
더 이상 무엇을 기다리랴
거친 땅 뒤덮고
오직 초록으로 자란다

공평한 햇살만 쏟아진다면야
나는 신이나 꽃을 피운다
겨우 세 장 꽃잎이지만
일 원짜리 동전보다 작은 꽃을
정성으로 피워 낸다

땅에서 받은 사랑은
초록으로 땅에 갚고
하늘에서 받은 사랑은
쪽빛 꽃잎으로 하늘에 바친다

다만 내게도 꿈이 있다면
이 땅에 버려진
잡초 같은 존재에게
작디 작은 꽃술처럼
진노랑 희망으로
작은 미소를 보내고 싶다.

_김종태, 〈달개비〉 전문

위 작품의 화자는 자신을 "누구도 거들떠보지 않는/한갓진 구석에서/얼크러져" 사는 "달개비"로 그리고 있다.
누구나 "지나쳐 버리는 곳/버림받은 들판에서/모양새 없이" 살아간다는 것이다. 그렇지만 "달개비"는 "자유로이/
거드름이나 꾸밈없이" 살아가고 있을 뿐만 아니라 다른 "잡초와 어우러져 한목숨 열심히" 영위하고 있다. "잡초"
에 불과하지만 좌절하지 않고 다른 "잡초"와 어울려 살아가는 것이다. "거친 땅 뒤덮고/오직 초록으로 자"라나
신나게 "꽃을 피"우는 것이 그 모습이다. "겨우 세 장 꽃잎이지만/일 원짜리 동전보다 작은 꽃을/정성으로 피워"

내는 모습도 그러하다.

"달개비"가 "땅에서 받은 사랑은/초록으로 땅에 갚고/하늘에서 받은 사랑은/쪽빛 꽃잎으로 하늘에 바"치려고 하는 마음은 그지없이 성숙하다. 자신에게 주어진 환경을 탓하거나 상대적 박탈감을 가지는 것을 극복하고 "진노랑 희망으로/작은 미소를 보내"는 것으로, 자기애를 구체적으로 실천하는 행동으로 볼 수 있는 것이다.

이와 같은 면은 "조그만 바람에도/서럽다, 서럽다고/속울음을"(김옥순, 〈낡은 풍차〉) 우는 것을 숨기지 않고, "하늘 신 땅이 울고 백합 장미도 눈물 흘리는데/살아 있는 사람이 어찌 울지 못하겠는가"(심철수, 〈살아 있는 것은 다 운다〉)라고 자신의 처지를 인정하는 역설적인 태도에서도 볼 수 있다. 결국 "바람과 갈매기들을 친구 하면/세상의 그 무엇도 부러울 게/없을 것 같"(김준엽, 〈파도를 베개 삼아〉)고, "아무도 거들떠보지 않는 돌들도/있어야 할 곳을 찾아 제 몸 뒤척이듯"(김판길, 〈흔들림에 대하여〉)이 자신의 삶을 적극적으로 인식하는 것이다.

눈보라 매섭던 섣달그믐께
누구인가 갖다 버린
주인도 모를 난초 한 포기를 안아다가
남동향으로 나 있는 창가에 두었다

꺾인 가지는 동상마저 걸려 진물이 흐르고
바람결에 야윈 살이 트는 천덕꾸러기를

겨울볕을 좋아하는 소망으로
들녘에 아지랑이 피기를 기다리는 봄누리로
보듬고 감싸 주었더니

해가 저물고 또 한 해가 열리는
세월을 잇는 해거름녘에
아아, 이 어찌된 해탈인가

눈물나도록 청아한 화관을 두르고
내 앞에 일어서더니
날카로운 듯 부드럽게 휘어지고
정갈한 듯 수더분한 그 자태
어느 게 이토록 고결한 환생을 이루었는가
어느 게 이처럼 위풍당당한 풍모를 가졌는가

한생의 기쁨은
숱한 인연의 고해를 건넌 후에야
한결같은 마음으로 보듬어진 보람으로
마침내 새살이 돋아 피어났구나.

_최명숙, 〈난을 위한 노래〉 전문

위 작품의 화자는 "눈보라 매섭던 섣달그믐께/누구인가 갖다 버린/주인도 모를 난초 한 포기를 안아다가/남동향으로 나 있는 창가에" 놓았다. 그리고 "겨울 볕을 좋아하는 소망으로/들녘에 아지랑이 피기를 기다리는 봄누리로/보듬고 감싸 주었"다. 그 결과 "해가 저물고 또 한 해가 열리는" 때에 이르러 "난"은 "청아한 화관을 두르고" 화자의 "앞에 일어"섰다. 화자는 "날카로운 듯 부드럽게 휘어지고/정갈한 듯 수더분한 그 자태"에 놀랐다. 그리하여 "위풍당당한 풍모"를 바라보며 "고결한 환생"은 아닐까, 상상해 보기도 했다. "한생의 기쁨은/숱한 인연의 고해를 건넌 후에야" "새살이 돋아 피어"난다는 진리를 확인한 것이다.

작품의 화자가 "난"을 통해 자기애를 심화하고 있는 것은 "속이 익은 모과 한 개로 익고자/그 긴 가뭄에도/내 눈물 길어내어/물을 주"(남인우, 〈모과 하나 키우며〉)는 모습이기도 하다. "온몸을 비틀어 남긴/무수한 상처 위에" "마침내/찬연한 꽃사태로 눈부"(최종진, 〈등꽃〉)신 날이 올 것이라는, "한 녀석 활짝/기쁨의 눈물을 터뜨리자/여기저기 터지는 눈부신 울음"(문영열, 〈동백의 분만〉)이 터질 것이라는 희망이기도 하다. 장애인으로서 겪는 고통이 이루 말할 수 없이 크지만, "마음도/새로 사"(심금, 〈마음을 파는 가게〉)려는 각오를 실현해 내는 것이다. 그리하여 "온몸으로 천천히 흔들리다" 가 보면 "모질도록 동여맨 겨울나기 끝"(장진순, 〈겨울나기〉)나고, "어제도 오늘도 그리고 영원히/빛을 뿌"(김명희, 〈아침〉)릴 날을 품고 대상애를 추구하는 것이다.

3.

그대가 매어 놓은 그리움 때문에
콩나물을 다듬다가
CD를 올려놓다가
털썩 주저앉는
애처로움으로 나는
해장국도 먹지 못하고
연주곡도 듣지 못하네

창문 밖에는
멀리 도망가자고
아무도 없는 데서 살자고
내 손을 잡아당기던,
그대 모습으로 뒤덮이고

또다시
콩나물을 다듬다가
CD를 올려놓다가
털썩 주저앉는 나는
그리움 때문이 아니라
건조한 날씨 때문에
외출하지 않은 거라고 울먹이고

털썩
털썩
주저앉는 날들을 휘둘러
내 마음으로 엮은
그리움의 고리를

풀어 떨칠 수만 있다면

어느
건조한 하루쯤은
술 없이
음악 없이
견딜 수도 있겠네

그러나
창틀에서 흥얼거리는 손가락도
덤덤하게 길게 뻗은 발뒤축도
모두
그대가 매어 놓은 그리움들
그리움들이네.

_김시경, 〈그대가 매어 놓은 그리움〉 전문

   위 작품의 화자는 "그대가 매어 놓은 그리움 때문에/콩나물을 다듬다가/CD를 올려놓다가/털썩 주저앉는"다. "해장국도 먹지 못하고/연주곡도 듣지 못하"고 사랑하는 사람에 대한 애처로움에 휩싸인다. 화자가 내다보는 "창문"은 "멀리 도망가자고/아무도 없는 데서 살자고/내 손을 잡아당기던,/그대 모습으로 뒤덮"여 있다.

   화자는 "또다시/콩나물을 다듬다가/CD를 올려놓다가/털썩 주저앉는"다. 자신의 행동이 "그리움 때문이 아니라/건조한 날씨 때문에/외출하지 않은 거라고" 애써 변명해 보지만, 사랑하는 이를 향한 그리움을 버릴 수 없다. "마음으로 엮은/그리움의 고리를/풀어 떨칠 수" 없는 것이다. 심지어 "술 없이/음악 없이/견딜 수" 없다. "창틀에서 흥얼거리는 손가락도/덤덤하게 길게 뻗은 발뒤축도/모두/그대가 매어 놓은 그리움"에 묶여 있는 것이다.

   화자가 위와 같이 그리워하는 모습이 낭만적 사랑(romantic love)이다. 낭만적 사랑은 예감되고 변화될 수 있는 미래로 지향하는 삶의 궤적을 제공한다. '공유된 역사'를 창조함으로써 개인을 더 넓은 사회적 상황에서 떼어 내고 사랑의 특수한 우월성을 부여한다. 낭만적 사랑은 기원에서부터 욕정이나 노골적인 섹슈얼리티와 양립이 불가능하다. 단지 사랑의 대상을 이상화하기 때문만이 아니라 부족한 부분을 채워 주는 정신적인 커뮤니케이션을 가정하기 때문이다. 따라서 낭만적 사랑에 빠진 사람에게 상대는 단지 다른 사람이 아니라 그 사람이라는 이유만으로도 자신의 결여를 메워 준다. 불완전한 개인을 완전한 전체로 만들어 주는 것이다. 낭만적 사랑은 비극으로 끝날 수 있고 위반을 통해 성장할 수도 있지만 승리를 이루어 낸다. 세상을 살아가는 처방과 타협을 이루어 사랑하는 상대방을 이상화하는 의미를 표출하는 것이다.[2] "배추 아가씨와 무 총각이 소곤거리는 소리가 들렸다/설렘으로 물든 그 음성에 별이 핑그르르 돌아앉"(한상식, 〈어떤 중매〉)는 것도 그 모습이다.

누군가를 시리도록 사랑한다는 것이
이토록 설운 것이라면
무엇과도 바꾸지 못할 그대를
그냥 이대로 가슴에 묻으렵니다

오늘도 님이 놀던 그곳을 보며
사무친 그리움에 몸서리치다
이내 몸 한 사랑이 여의만 할까
애써 애써 아닐 거라 고개만 젓다
애꿎게 옷매만 적셔 냅니다

기다립니다
말없이 그냥 기다립니다
언젠가 이곳을 쳐다봐 줄 당신이기에
눈길 쉽게 닿을 이곳에서
오늘도 당신을 기다립니다

해반천 줄기 물이 그어 놓은 그 금도
흥부암 종루(鐘樓)에 걸려 제 곡조를 이기지 못하듯
기다린다는, 언제까지 기다린다는

2) 앤소니 기든스, 황정미·배은미 옮김, 『현대 사회의 성·사랑·에로티시즘』, 새물결, 2001, 83~87쪽.

내 사랑의 여운은
언제나 봉황대(鳳凰台)를 싸고 돕니다.

_허성욱, 〈유민공주의 사랑〉 전문

　위 작품의 화자는 "유민공주"의 사랑 이야기를 인유하며 자신의 낭만적 사랑을 노래하고 있다. "누군가를 시리도록 사랑한다는 것이/이토록 설운 것이라면/무엇과도 바꾸지 못할 그대를/그냥 이대로 가슴에 묻으"려는 마음을 "유민공주"의 심정을 빌려 나타내고 있는 것이다. 화자는 "오늘도 님이 놀던 그곳을 보며/사무친 그리움에 몸서리"친다. 그리하여 "기다립니다/말없이 그냥 기다립니다"라고, "언젠가 이곳을 쳐다봐 줄 당신이기에/눈길 쉽게 닿을 이곳에서/오늘도 당신을 기다립니다"라고 노래한다. 자신이 상대를 진심으로 사랑하면 상대가 자신을　인정해 줄 것이라고 기대하는 것이다.

　경상남도 김해시의 사적지인 "봉황대"에는 "유민공주"의 슬픈 사랑 이야기가 전해진다. 가락국 제9대 겸지왕 때 출정승의 딸 여의와 황정승의 아들 황세는 결혼을 약속한 연인이었다. 그런데 신라군이 가락국을 침공하는 일이 일어나자 황세는 참전해 큰 공을 세웠다. 겸지왕은 황세에게 하늘장수라는 칭호를 내렸고 자신의 딸인 유민공주와 결혼하라고 명령했다. 황세는 약혼한 사람이 있다고 말했으나, 왕이 뜻을 거두지 않아 어쩔 수 없이 결혼했다. 이에 여의는 슬퍼하다가 24세의 나이에 죽음을 맞이했다. 황세도 여의를 잊지 못해 마음의 병을 얻어 세상을 떴다. 사람들은 황세와 여의의 혼령을 위로하기 위해 그들이 놀던 바위에 작은 바위를 얹어 주었다. 홀로 남게 된 유민공주도 황세와 여의의 영혼을 기리기 위해 경운도사와 함께 임호산에 들어가 수도하다가 세상을 떴다.

　"유민공주"의 안타까운 사랑은 견우와 직녀의 슬픈 사랑을 인유해 "이리도 짧은 만남 위해/그리도 긴 기다림/

차라리 영겁을 못 만날 절망의 운명보다/더 절망스런 안타까움"(정중규, 〈견우와 직녀〉)을 나타낸 데서 만날 수 있다. "내가 어둠이라면/당신은 별"이기에 "우리는 따로 떨어져서는/아름다울 수 없"(김대원, 〈내가 어둠이라면 당신은 별입니다〉)다고 노래한 데서도 볼 수 있다.

4.

솟대시인들의 시에 나타난 또 다른 대상애는 가족애이다. 한국 사람들은 가족이란 말을 들었을 때 무엇이 생각나느냐는 질문에 '같은 피로 맺어진 사람들의 모임'이라고 응답한 경우가 다른 나라보다 높고(한국 48.8%, 미국 9.4%), 성인이 된 자녀가 진 부채에 대하여 부모가 모두 갚아 주어야 한다는 응답도 높으며(한국 50.8%, 미국 23.7%), 부부가 이혼을 하고 싶어도 자녀의 장래를 생각해서 그냥 같이 사는 것이 좋다는 의견도 높다(한국 91.6%, 미국 30.4%).[3]

그만큼 한국인들은 가족을 혈연과 깊은 관계가 있다고 여긴다. 부모는 자식에게 제대로 보살펴 주지 못함을 미안해하고, 자식은 부모님께 제대로 보답해 드리지 못함을 죄송스러워한다. 그렇지만 한국 사회의 동향을 보면 전통적인 가족 관계는 급속하게 무너지고 있다. 1인 가구 및 한 부모 가구의 증가, 미혼 및 이혼의 증가, 주말 부부 증가 등으로 가족 관계는 와해되고 있는 것이다. 노동시장의 불안도 원만한 가족 관계를 어렵게 하고 있다. 이와 같은 상황에서 솟대시인들의 시가 가족애를 추구한 것은 의미가 크다. 장애를 겪는 자신을 헌신적으로 돌보는 가족에게 고마움을 표현할 뿐만 아니라 자신이 받은 사랑을 가족에게 되돌려 주기 때문이다.

---

3) 최상진, 「한국인 심리학」, 중앙대학교출판부, 2000, 270~291쪽.

살아 있다고
손톱 발톱이 자란다

일주일분 창자가 찼다고
어머니 손가락은 똥구멍을 후벼 판다

여자라고
달거리가 달마다 온다

살에 박힌 삽날을 뽑아
훨훨 34도에 묻는다.

종일 엎드려만 있어도
때 되면 배가 고프다

_김옥진, 〈무덤새〉 전문

위 작품의 화자는 "종일 엎드려만 있어"야 하는 지체장애인이기 때문에 "살아 있다고/손톱 발톱이 자란다"라거나 "여자라고/달거리가 달마다 온다"라고 자신의 처지를 비관한다. "종일 엎드려만 있어도/때 되면 배가 고프다"라고 자신의 생리적 현상을 비하하기도 한다. 이와 같은 화자를 살려 주는 이는 "일주일분 창자가 찼다고" "손가락"으로 "똥구멍을 후벼"파는 "어머니"이다. "어머니"는 당신의 딸이 스스로 생활할 수 있기를 기원하며 "살에 박힌 삽날을 뽑아/훨훨 34도에 묻는다". "무덤새"가 새끼들이 제대로 태어나기를 바라면서 헌신적으로 둥지를 돌보듯 "어머니"는 온몸을 다해 자식을 돌보는 것이다. "무덤새"는 다른 새들보다 튼튼한 다리를 이용해 거대한 무덤을 만들고 그 안에 알을 낳은 뒤 품는 방식으로 새끼를 부화한다. 암수가 함께 땅을 판 뒤 지열을 이용해 알을 부화시키는 것이다. 암컷은 수시로 부리를 이용해 온도를 확인하는데, 적당한 "34도"가 되면 알을 낳고 흙으로 덮는다. 태양빛이 너무 강하면 흙으로 덮고, 지온이 낮으면 흙을 파내 태양열이 잘 전달되도록 한다. 뿐만 아니라 다른 침략자들로부터 방어하기 위해 항시 긴장하며 둥지를 지킨다. 극진한 보호를 받고 태어난 "무덤새"는 다른 새들과 달리 깃털을 보유해 스스로 먹이를 찾을 수 있다.[4]

　구상솟대문학상 수상작 중에는 어머니를 노래한 작품들이 많다. "온몸이 마비된 아들 때문에/골이 깊게 주름진 어머니 모습"(이상규, 〈목욕탕에서〉)을 바라보며 죄송스러워하고, "가끔 검게 타들어 간 어머니의 가슴이 세상을 향해/얼굴을 내"(강동수, 〈감자의 이력〉)미는 모습을 안타까워한다. 또한 "곰쥐는 저처럼 질긴 상처는 먹지 않는대요/그러니 아무 걱정 마세요/어머니"(김민, 〈심부름하는 아이〉)라고 당신을 안심시키고, "어머니! 나는 오늘에야 내게도 빛이 비추고 있음을 알았습니다"(이종형, 〈어머니! 사방 하늘빛이 어떻습니까?〉)라고 당신을 거울로 삼는다. 그리하여 "어무이요,/웅굴재 봄보리도 푸르고/홍골 샛골에는/땔감나무도 많은데/갈밭골 등천에는 우예 누웠능교//재 너머 서낭디/물 좋은 방뜰 논 사서/이밥 실컷 해 줄 거라며/몸빼 고기 비린내 끊일 날 없이/그리도 알뜰하시더니만/우예면 좋능교/어무이요."(김석수, 〈사모곡〉 전문)라는 사모곡은 심금을 울린다.

모든 물질들은 때가 되면 떨어지고
떨어지는 그 힘으로 우리는 일어난다

그때도 그랬다. 천수답 소작농으로
시도 때도 없이 떨어지는 쌀독 탓에

수백 미터 갱 속, 아버지의 곡괭이질과
시래기 곶감 담은 대야 이고 눈길을 헤치던 어머니의 힘으로
우리 남매는 교복을 입고 푸르른 칠판을 바라보며
김이 오르는 밥상 앞에 앉아 왔다

4) 맹문재, 〈장애인 시에 나타난 대상애 고찰〉, 『한국문예창작』 47호, 2019, 19~20쪽.

어느덧, 딸내미 책가방도 무거워 가는데
떨어지고 떨어지는 허기진 살림 탓에
아내는 새벽부터 출근을 서두르고, 나는
채 익숙지 않은 흰 지팡이를 펴고
늘, 시큰둥한 면접관을 만나러 간다

떨어지는 힘으로 제자리를 잡는 일이
어디 우리네 살아가는 일뿐일까
이를 악물고 비바람을 견뎌 온
꽃봉오리가 펼친 꽃잎이 떨어지는 힘으로

덜 여문 열매가 익어 가고, 땅은 또 씨앗을 품듯
떨어진 이파리가 겨울나무의 발목을 덮어 주며
기꺼이 썩어 주는 열기로 봄은 돌아오는 것
보라, 떨어지는 별들의 힘으로
못내 구천을 떠돌던 가난한 영혼들이
하늘에 내어 준 빈자리에 자리를 잡듯
그 순간, 별똥에 소원을 비는 것도
다들 낙하의 힘을 믿고 있는 탓이다.

_손병걸, 〈낙하의 힘〉 전문

　위 작품의 화자는 "떨어지는 그 힘으로 우리는 일어난다"며 자신의 의지를 가족애에서 찾고 있다. 예를 들어 "천수답 소작농으로/시도 때도 없이 떨어지는 쌀독"이 있었기에 "수백 미터 갱 속, 아버지의 곡괭이질과/시래기 곶감 담은 대야 이고 눈길을 헤치던 어머니의 힘"이 생길 수 있었고, 부모님의 그 힘 덕분에 "우리 남매는 교복을 입고 푸르른 칠판을 바라보며/김이 오르는 밥상 앞에 앉"을 수 있었다는 것이다. 작품의 화자는 부모님으로부터 받은 그 사랑을 가슴속에 넣고 자식에게 전하고 있다. "어느덧, 딸내미 책가방도 무거워 가는데/떨어지고 떨어지는 허기진 살림 탓에/아내는 새벽부터 출근을 서두르고, 나는/채 익숙지 않은 흰 지팡이를 펴고/늘, 시큰둥한 면접관을 만나러" 간다. 화자는 "흰 지팡이를" 짚었다는 사실에서 유추할 수 있듯이 장애인이다. 그런데도 화자는 가장의 역할을 다하기 위해 일자리를 찾아 나서는 것이다.⁵⁾ 솟대시인들 시의 가족애는 "링거병 움켜쥐고 사색이
된/아내 얼굴 쳐다보고/아차!/처자식 땜에 정신차려야제"^(이상열, 〈앰뷸런스〉)라는 부부애나, 다음의 작품에서 보듯이 형
제애로도 나타나고 있다.

잔치 소식 신명 올라
큰 계집애 동생 치마저고리 입히고
꽃분홍 머리에 꽂고
엄마 아부지보다 먼저 나선 길

번데기공장 엄마는
공원(工員)들 밥 준비에
동동걸음 치는데
얼굴이 까만 계집애
동생을 치켜 업고 길을 떠났다

네댓 살 되도록
걷기는커녕
일어서지도 못하는 동생을 업는 일이야

동네 숨바꼭질보다 더 흔한 일
갑사 치마저고리 곱게 입힌 동생을 업고
예닐곱 살 언니가 길 위에 올라섰다

가다가 쉬고
가다가 쉬고
쉬다가 또 가고
전라도 황톳길 걸어 걸어가다가
발가락 하나 빠지고 또 빠지던 문둥이 시인 한하운처럼

두 살 더 먹은 계집애가
두 살 더 어린 계집아이를 업고
몇 걸음 걷다가 궁뎅이 쑥 빠지고
몇 걸음 걷다 궁뎅이 아래로 빠지는 동생을 업고

———————————
5) 위의 논문, 21~22쪽.

외갓집 이모 혼례식에 가는 길

자갈밭 신작로 먼지 풀풀 날리고

미루나무 꼭대기엔 뭉게뭉게 구름이 피어올랐다.

_김미선, 〈바리데기 언니〉(전체 15연 중) 10~15연[6]

　"바리데기"(바리공주) 설화는 전승 지역에 따라 다소 내용의 차이를 보이지만, 기본 줄거리는 유사하다. 옛날에 혼례를 일 년 미루어야 아들을 낳고 길할 수 있다는 예언을 무시하고 결혼한 탓에 딸만 낳은 왕이 있었다. 일곱째도 딸이 태어나자 왕은 그 바리공주를 버렸는데, 한 노부부에 의해 구해져 양육되었다. 훗날 왕 부부가 죽을병이 들어 점을 쳐보니 저승에 있는 생명수를 구해 와 마시면 살아날 수 있다고 했다. 그렇지만 여섯 공주 모두 부모를 위해 저승에 가기를 거부했다. 그 사실을 전해 들은 바리공주는 부모를 구하려고 저승에 갔다. 그런데 저승의 수문장이 자신과 일곱 해를 살고 일곱 아들을 낳아야 생명수를 주겠다고 했다. 바리공주는 그 조건을 채운 뒤 생명수를 가지고 이승에 돌아와 부모를 살렸다.

　위의 작품은 그 "바리데기" 설화를 인유해 장애가 있는 동생에게 헌신한 언니를 그리고 있다. 부모로부터 버림받으면서도 부모의 병을 고치기 위해 자신의 목숨조차 바치면서 생명수를 구해 온 바리공주의 효녀담을 자매애로 응용한 것이다. "외갓집 이모 혼례식"이라는 "잔치 소식"에 신명난 언니는 "큰 계집애 동생 치마저고리 입히

---

6) 1~9연의 내용은 다음과 같다. "옛날 옛날/간난이 상고머리 계집애/두어 살 더 먹은 언니/두 살 더 아래 동생을 업고/길을 나섰다//역전 마라보시* 삼거리를 지나/면실 안골로 가는 길/용케 차라도 지나갈 테면/뿌얀 먼지 앞을 가리던 자갈밭 신작로/큰 계집애가 작은 계집애/엉덩이 치킬 때마다/빨간 갑사치마 위로 말리고/엉덩이는 아래로 빠져//세 번 네 번 치키다 숨이 차올라/미루나무 둥치에 기대/목에 매달린 동생을 내렸다/아침에 곱게 맨 저고리 고름이 풀리고/연분홍 리본도 먼지에 더러워졌다//큰 계집애 중년 아낙네처럼/허리를 쭈욱 펴고/고사리 손이 아낙네 손바닥인 양/작은 계집애 이마를 쓰윽 훔쳐 주었다//미루나무 꼭대기에 구름이 뭉게뭉게/멀리서 딸딸이 용달차/먼지 기둥을 달고 탈탈탈//오늘은 막내이모 혼례식/키 큰 이모는/키 크다고 타박 받아/팔십 리 노총각한테 겨우 시집가는 날//외갓집 마당에는 차일이 올라가고/초례상 양쪽엔 푸른 대나무/청홍 목기러기 사이에 두고/팔십 리 노총각 사모관대 차리고/안골 노처녀 연지 곤지 찍는 날//패랭이꽃 핀 고샅길/기름 냄새 고소하고/차일 자락도 외삼촌 두루마기 자락도/펄렁펄렁 춤추는 날"

고/꽃분홍 머리에 꽂고/엄마 아부지보다 먼저" 집을 나섰다. 당연히 부모의 손을 잡고 가야 했지만, "번데기공장 엄마는/공원(工員)들 밥 준비에/동동걸음"쳐야 했기 때문에 언니가 대신 "얼굴이 까만 계집애/동생을 치켜 업고 길을 떠"난 것이다.

　그 동생은 "네댓 살 되도록/걷기는커녕/일어서지도 못하는" 형편이었다. 그렇지만 "예닐곱 살"밖에 안 된 언니는 장애를 지닌 동생을 귀찮아하거나 구박하지 않았다. 오히려 "동생을 업는 일"을 "동네 숨바꼭질보다 더 흔한 일"로 여기고 보살펴 주었다. 외갓집 이모가 결혼식을 올리는 날 "갑사 치마저고리 곱게 입힌 동생을 업고" 길을 나선 것이 그 한 모습이다. "두 살 더 먹은 계집애가/두 살 더 어린 계집아이를 업고" "가다가 쉬고/쉬다가 또 가"는 언니의 모습에서 무한한 자매애를 볼 수 있다.

　5.
　솟대시인들의 시에서 추구하는 사회 인식은 중요하다. 장애라는 이유로 사회로부터 차별당하고 소외당하는데 불구하고 원망하거나 좌절하지 않고 사회의 한 구성원으로서 주체성을 견지하기 때문이다. 장애인 역시 인간의 존엄성을 지닌 사회의 한 구성원이다. 따라서 권리와 의무를 적극적으로 인식하고 관심을 가지는 것은 물론 참여할 필요가 있는데, 다음의 시에서 확인되는 것이다.

그렇다　　　　　　　　　　　　　　남산타워를 똑바로 응시했던
고통과 아름다움은 주로 산 위에 산다　　창신동 산꼭대기 시민아파트

중세의 성처럼 늠름한 아파트는

끝내 사람 손으로 부서지고

나도 머리 둘 곳이 없구나

그래도 여태껏

시계노점 성희 아버지, 중동에 간 건주 아버지

떠나고 싶어도 떠날 수 없는 산 위의 벌집에서

엄마는 손가락을 찍어 가며

몇 백 원 하는 머리카락 정리하는 일을 하고

온 식구가 손가락 다치며 몇 천 원짜리

잣을 까는 부업의 시간

때때로 바람이 집을 흔들었고

별빛 몇 개 흔들려

그냥 어둠이 될 때 산 하나가 날마다 솟고

산 하나가 날마다 무너지는데

지린내 나는 층마다 흘러나오는

아, 으악새 슬피 우니 가을인가요

늘 취해 있는 401호 아저씨는 으악새만

불러들이고

서정적으로 헤엄치는 창신동 사람 나는

땀에 절어 소금밭 그려진 옷을 입고

낙산허리 옛 성터에서

삼거리 윷놀이 판과 깡통 돌리기를 뒤로하고

웃풍 센 겨울밤을 기도하듯 넘기는데

고통과 아름다움은 주로 산 위에서 산다.

_김율도, 〈고통과 아름다움은 산 위에 산다〉 전문

　　위 작품의 화자는 한때 "남산타워를 똑바로 응시했던/창신동 산꼭대기 시민아파트"에 거주했다. 그곳은 조세희의 소설 「난장이가 쏘아올린 작은 공」에 등장하는 왜소증 가족이 살아가는 낙원동 행복동에서 맡은 역겨운 냄새처럼 "지린내"가 났다. 또한 "아, 으악새 슬피 우니 가을인가요/늘 취해 있는 401호 아저씨는 으악새만/불"렀듯이 주거 환경이 조용하거나 편안하지 않았다. 그런데 그곳이 재개발되는 바람에 "중세의 성처럼 늠름한 아파트는/끝내 사람 손으로 부서"져 "머리 둘 곳이 없"게 되었다. 실제로는 허름한 "창신동 산꼭대기 시민아파트"에 불과했지만, 경제적으로 가난한 화자에게는 "중세의 성처럼" 여겨졌던 곳이다. 화자는 그곳을 "아름다움"의 장소라고 말한다. 그 이유는 "그래도 여태껏/시계노점 성희 아버지, 중동에 간 건주 아버지"가 "산 위의 벌집에서" 살아갈 수 있었기 때문이다. 또한 "엄마는 손가락을 찍어 가며/몇 백 원 하는 머리카락 정리하는 일을 하고/온 식구가 손가락 다치며 몇 천 원짜리/잣을 까는 부업의 시간"을 가질 수 있었기 때문이다. 그뿐만 아니라 "낙산 허리 옛 성터에서/삼거리 윷놀이 판과 깡통 돌리기"가 이루어진 데서 보듯이 공동체 문화가 존재했기 때문이다. 따라서 화자가 "고통과 아름다움은 주로 산 위에서 산다"고 노래한 것은 주목된다. "고통"과 "아름다움"은 모순된 개념이지만 서로 결합시켜 힘들게 살아가는 사람들의 삶의 실제를 심화시키고 있는 것이다.[7]

달팽이가 느린 건 집이 있어서예요
집을 사려고 바삐 뛰지 않아도 되니까요

느리게 움직이면 보이지 않던 게 보인다고 해요
폐지의 무게로 헉헉거리는
할머니의 활기찬 호흡과
햇빛에 반사되어 찬란한 빛을 뿜어대는
노동자의 굵직한 땀방울
그리고 저 너머의 금이 간

아파트 베란다 건조대에서
자신을 보며 방긋 인사하는 형형색색의
빨래가 꽃무리처럼 아름답다고 해요
그러면 껄껄거리는
감동의 울음소리가 나오고
그제야 살아 있는 느낌이 든다고 해요

이제 집으로 돌아가네요
보글보글 톡톡, 보글보글 톡톡

7) 맹문재, 〈역설의 시학〉, 『솟대평론』 4호, 2019, 207~208쪽.

1801년 프랑스에서 발명된 증기기관이 영국의 산업혁명을 이루는 데 결정적인 역할을 한데서 증명되듯이 자본주의 체제의 속성은 속도이다. 만약 증기기관이 발명되지 않았다면 산업혁명에 필요한 연료 수송에 관련된 기술은 물론 생산성을 구축하는 토대를 마련하지 못했을 것이다. 자본주의는 기술을 개발하고 공장을 경영하는 속도를 높여 토지 소유를 기반으로 하는 봉건체제를 무너뜨렸다. 또한 생산체제와 새로운 사회조직의 이데올로기로도 구체화시켰다.[8] 따라서 자본주의 체제가 요구하는 속도에 밀려나면 "문패 하나 세우지 못한 죄로 대문은 충혈되어/세월의 녹만 멍처럼 번"(김민수, 〈빈집〉)지거나, "수북하게 쌓인 짐짝, 그 짐짝들이 먼지 뒤집어쓴 채 문을 못 열고 있"(권주열, 〈학성문집〉)게 되는 것이다.

자본주의 체제의 구성원들은 속도에서 밀려나지 않으려고 동료 간에도 이웃 간에도 경쟁한다. 그에 따라 사랑, 양보, 봉사 같은 가치는 포기할 수밖에 없다. 인간 가치를 상실하고 다른 사람으로부터는 물론 자기 자신으로부터도 소외되어 "지극히도 고요한 휴식을" 취하거나 "기막힌 자유로움"(최림, 〈나무는 스스로에게 기대어 잠을 잔다〉)을 누릴 수 없다. "좀처럼/자리를 떠나지 않"(김종선, 「동지(冬至)」을 수도 없다. 그러므로 자본주의가 강요하는 속도에 무조건 순응할 것이 아니라 주체성을 가지고 맞서는 것이 필요하다.

---

8) 레스터 C. 써로우, 강승호 옮김, 「경제탐험」, 이진출판사, 1999, 43~46쪽.

위 작품의 화자는 "달팽이가 느린 건 집이 있어서"라고, "집을 사려고 바삐 뛰지 않아도 되"기 때문이라고 인식한다. "집"은 실제의 거주지를 의미하기보다는 시적인 상징체로, 즉 주체성을 지닌 화자의 마음으로 읽는다. 화자는 "느리게 움직"인 결과 "보이지 않던 게 보"이는 것을 경험한다. "폐지의 무게로 헉헉거리는/할머니의 활기찬 호흡과/햇빛에 반사되어 찬란한 빛을 뿜어대는/노동자의 굵직한 땀방울"을 발견하는 것이다. 그리고 "저 너머의 금이 간/아파트 베란다 건조대에서/자신을 보며 방긋 인사하는 형형색색의/빨래가 꽃무리처럼 아름"다운 것도 바라본다. 결국 "꺽꺽거리는/감동의 울음소리가 나오고/그제야 살아 있는 느낌이" 드는 것이다.

작품의 화자는 느린 걸음으로 "집으로 돌아"간다. "보글보글 톡톡, 보글보글 톡톡/구수한 된장국 소리"를 마음속으로 들으며 간다. 그 화자를 "별 등 켜는 아이가 하나, 둘 불을 밝히며" 따르기도 한다. 자본주의가 요구하는 속도의 경쟁에 맞서기 위해 천천히 걸어가는 화자를 응원하는 것이다.

이번엔 불닭집이 문을 열었다
닭 초상이 활활 타오르는 사각 화장지가
집집마다 배달되었다
더이상 느끼한 입맛을 방치하지 않겠습니다
공익적 문구를 실은 행사용 트럭이 학교 입구에서
닭튀김 한 조각씩 나눠 주었다
아이들은 불닭집 주인의 화끈한 기대를
와와, 맛깔나게 뜯어먹는다

삽시간에 매운 바람이 불고 꿈은 이리저리 뜬구름으로 떠다닌다
낙엽, 전단지처럼 어지럽게 쌓여 가는 십일월
벌써 여러 치킨집들이 문을 닫았다
패션쇼 같은 동네였다. 가게는 부지런히 새 간판을 걸었고
새 주인은 늘 친절했고 건강한 모험심이 가득했으므로
동네 입맛은 자주 바뀌어 갔다
다음은 어느 집 차례
다음은 어느 집 차례

질문이 꼬리를 물고 꼬꼬댁거렸다

졸음으로 파삭하게 튀겨진 아이들은 종종 묻는다

아버지는 왜 아직 안 와

파다닥, 지붕에서 다리 따로 날개 따로

경쾌하게 굴러떨어지는 소리

아버진 저 높은 하늘을 훨훨 나는 신기술을 개발 중이란다

어둠의 두 눈가에 올리브유 쪼르르 흐르고

일수쟁이처럼 떠오르는 해가

새벽의 모가질 사정없이 비튼다

온 동네가 푸다닥,

홰를 친다.

_이명윤, 〈안녕, 치킨〉 전문

위 작품의 화자가 살아가는 동네에 "불닭집이 문을 열었다". "닭 초상이 활활 타오르는 사각 화장지가/집집마다 배달되었"고, "더이상 느끼한 입맛을 방치하지 않겠습니다/공익적 문구를 실은 행사용 트럭이 학교 입구에서/닭튀김 한 조각씩 나눠" 줄 정도로 적극적으로 광고를 했다. "아이들은 불닭집 주인의 화끈한 기대를/와와, 맛깔나게 뜯어먹"으며 좋아했다. 그렇지만 "삽시간에 매운 바람이 불고 꿈은 이리저리 뜬구름으로 떠다"니다가 "낙엽"이 "전단지처럼 어지럽게 쌓여 가는 십일월"에 "문을 닫"고 말았다. 동네의 다른 "치킨집들"도 마찬가지였다. 이와 같은 상황은 처음 있는 일이 아니라서 결코 낯선 풍경이 아니었다.

"가게는 부지런히 새 간판을 걸었고/새 주인은 늘 친절했고 건강한 모험심이 가득했"다. 그런데도 성공을 거두지 못한 것은 가게를 운영하는 주인이 성실하지 않거나 창의력이 부족해서가 아니라 자본주의가 요구하는 조건을 갖추지 못했기 때문이다. "쌀 반 가마니의 무게를 어깨에 짊어 메고/청년은 자신의 나이보다 어쩌면 많을/마천루 계단을 오르며 붉으락푸르락/가스통이 쿵쾅쿵쾅 엉덩이는 실룩샐룩/풋사과 같은 얼굴이 휴지 뭉치처럼 구

겨"(김윤진, 〈케이블카를 꿈꾸는 마천루의 폐하〉)져도 형편이 나아지지 않는 상황과 같다. 경쟁에서 뒤진 당사자는 부익부빈익빈의 현상이 심화되는 자본주의 체제에서 소외당할 수밖에 없는 것이다.

6.

구상솟대문학상 수상 작품들 중에서 인류애를 노래한 작품도 눈길을 끈다. 인류애란 인간 존재를 긍정적으로 인식하는 것으로 인본주의 및 평화주의의 토대이다. 국적, 인종, 민족, 종교 등의 차이를 초월해 사랑, 자유, 평등, 평화 등 인간의 보편적인 윤리와 가치를 추구하는 것이다.

전쟁이 났다 한다
하늘엔 바벨탑, 바빌론의 공중정원
떠다니는 곳
꽃비처럼 터지는 공습경보 속을
달려가는 알리, 알리는 열세 살
두 볼이 통통한 이라크 소년
열화우라늄탄 쏟아지는 사막
더러는 잘리고 더러는 뒹구는
팔, 다리, 화상 입은

알리들이 운다
나는 울지 않는다. 무력하게
TV 앞에서
다만 기억할 뿐이다
진흙판에 새겨진 이 세상 맨 처음 법이
검은 연기로 타오르는 장관을
역사의 강 건너는 미제 군화를
지켜볼 뿐이다. 인류가 믿었던 마지막
질서마저 짓밟힌 티그리스, 유프라테스

두 줄기 눈물 사이로   지구를 돌고 있는 바빌론의 묵주,
밤을 새운 기도는 한갓 덧없고   귓바퀴를 후려치는 때늦은 공습경보.
버리지 못한 습관인 양 아직도 내 손안엔   _최현숙, 〈내 손안의 묵주〉 전문

미국의 이라크 침공으로 "열화우라늄탄 쏟아지는 사막"에서 "더러는 잘리고 더러는 뒹구는/팔, 다리, 화상 입은/알리들이" 고통스러워하며 울부짖는다. "꽃비처럼 터지는 공습경보 속을/달려가는 알리"를 비롯해 "두 볼이 통통한 이라크 소년"들도 다쳤거나 목숨을 잃었다. 작품의 화자는 "무력하게/TV 앞에서" 그 상황을 바라볼 뿐이다. "진흙판에 새겨진/이 세상 맨 처음 법이/검은 연기로 타오르는 장관을/역사의 강 건너는 미제 군화를/지켜볼 뿐"인 것이다.

"이 세상 맨 처음 법"이란 함무라비법전을 지칭한다. 바빌론의 함무라비 왕이 만든 것으로 알려진 이 법전은 인류에서 가장 오래된 것으로 4천 년이 지난 오늘까지 원형이 잘 보존되어 있다. 바빌론은 고대 메소포타미아의 도시로 현재의 이라크 내에 위치한다. 화자는 그 유서 깊은 곳을 "미제 군화"가 짓밟는 침략 전쟁 앞에서 어떤 저항도 하지 못한다. 그렇지만 "인류가 믿었던 마지막/질서마저 짓밟힌 티그리스, 유프라테스"의 운명을 되살리기 위해 밤새워 기도한다.

1차 이라크전쟁은 1988년 대통령선거에서 당선된 공화당의 조지 허버트 워커 부시(아버지) 정권에서 일어났다. 1990년 6월 이라크의 사담 후세인이 풍부한 석유 매장량을 보유하고 있는 쿠웨이트를 침공하자 1991년 1월 미국은 영국과 프랑스의 연합군과 함께 이라크를 공격했다. 미하일 고르바초프가 냉전 종결을 선언하면서 소련이 붕

괴한 상황에서 발생한 전쟁이어서 동맹국이 없던 이라크는 항복할 수밖에 없었다. 3월 3일 정전협정으로 전쟁은 종식되었다. 2차 이라크전쟁은 조지 워커 부시(아들) 정권에서 일어났다. 이라크가 미국에 적대적인 탈레반 같은 테러 조직을 지원하고 있고, 이라크가 핵무기와 생화학 무기를 포함한 대량 살상무기를 개발하거나 은닉하고 있으며, 후세인 정권이 인권 침해를 한다는 것이 명분이었다. 그러나 실제는 미국이 중동 지역에서 영향력을 확보하기 위해 후세인을 축출하려는 것이었다. 2003년 3월 미국은 영국을 제외하고 프랑스, 독일 등 전 세계의 많은 나라가 반대하는데도 불구하고 이라크를 침공했다. 5월 1일 종전을 발표할 정도로 미국은 일방적으로 후세인 정권을 붕괴시켰다. 그렇지만 2011년 12월 15일이 되어서야 실제로 종전되었다. 전쟁 동안 이라크의 군인과 민간인들은 헤아릴 수 없을 정도로 다쳤거나 사망했고, 미군의 사망자 수도 4천 명에 이르렀다.

  이라크전쟁에서 증명되듯이 이 세계의 그 어떤 전쟁도 인정할 수 없다. 전쟁은 비이성적인 인간들이 가하는 잔인한 폭력일 뿐이다. 미국이 이라크가 은닉한 핵무기와 생화학 무기 같은 대량 살상무기를 찾아내어 세계의 평화에 이바지하겠다는 명분은 모두 허위에 불과했다. 그리하여 위 작품의 화자는 이라크전쟁으로 인해 희생된 이들의 명복을 빌고 있다. "손안의 묵주"를 돌리고 있는 것이 그 모습으로 국적은 물론 인종, 민족, 종교 등의 차별을 넘어 인류애를 노래하고 있는 것이다.